愿你自在长大

毕淑敏 等著

天地出版社 | TIANDI PRESS

出版说明

本书聚焦儿童及青少年身心成长，是"名家教养真心话"书系的第一部。本书在内容与形式上不拘一格，有表现亲子日常的散文，有思索教养方式的杂感，有父母写给儿女的家信，有名师对学生的叮咛，有思想巨擘勉励年轻学子的演讲稿，也有一般的跟孩子的琐碎闲谈，盖因其中多诚挚关切之语，展现了与孩子友好平等的相处之道；同时，本书也收有部分回忆性散文，追忆父母的言传身教，感人至深的同时，也极具启发意义。

本书按不同主题分为四章，各章中作品以写作或发表时间排序，文末交代原载或收录图书。需特别说明的是，本书收录了部分现代散文名作，如鲁迅、老舍、丰子恺、汪曾祺等名家的相关篇什。对于早期作品，本书原则上遵从时代用字特征、用语习惯，尊重各名家文本的特点和风貌，保留原作惯用字、通假字和标点用法，具体如下：

1. 一般惯用字，如"定阅""色采""同归殊涂""透澈""似地""浪漫底克""买弄"等，本书依循名家作品出版通例，一仍其旧,但也对部分做了脚注。

2. 原作通假字,如"狠快乐""狠少"中"狠",俱为"很"意;又如"作事""作人"云云,其中"作"同"做";其他如"那"通"哪","枝"通"支",均保留原作用法。

3. "的""得""地""他""它"等用法,与今日亦不甚相同,此乃常识,原则上不做改动。

4. 书中译名如"科仑布",今译哥伦布,"普式庚"即普希金,"耶苏"即耶稣,"奈端"即牛顿,"萧邦"即肖邦,均保留原译法。

5. 早期标点符号用法,如"婴儿医院,糖食店,玩具铺""《文学》,《中流》,《青年界》""'春水'、'蜜波'"等,中间逗号与顿号的使用,不尽合于现行标准,但不影响阅读和理解,遂予以保留。

希望这本书,能让我们一起踏上一段自在的教养旅程,学会正确地向孩子表达爱,帮助孩子成长为一个自信、勇敢、乐观的人。

目 录 / Contents

PART 1　亲爱的孩子
愿你自在无虞地长大，看见一个更好的世界

从孩子得到的启示 _ 丰子恺　003

给我的小鸟儿们 _ 庐隐　008

有了小孩以后 _ 老舍　023

儿子的创意 _ 毕淑敏　031

做一个"欢喜"的学习者 _ 毕淑敏　037

对孩子说 _ 李汉荣　041

别让孩子哭泣着弹奏《欢乐颂》_ 张丽钧　045

PART 2　教养的艺术
父母对于子女，应该健全的产生，尽力的教育，完全的解放

我们现在怎样做父亲 _ 鲁迅　053

作父亲 _ 丰子恺　069

文艺副产品——孩子们的事情 _ 老舍　075

多年父子成兄弟 _ 汪曾祺　084

看儿子慢慢长大 _ 刘心武　091

为人父母 _ 王开林　099

飞来飞去的鸟巢 _ 张丽钧　105

PART 3　殷切的叮咛

人生本是没穷尽没终点的马拉松赛跑，你的路程还长得很呢

怎样的涵养品格和磨练智慧 _ 梁启超　113

给我的孩子们 _ 丰子恺　128

把应学的规矩，尽量学足 _ 梁启超　134

给一个忧郁的孩子 _ 靳以　138

学来的精华，种在自己性格里 _ 傅雷　145

亲爱的孩子，真高兴你把我错误的估计全部推翻 _ 傅雷　151

孩子，其实你不必这样 _ 张丽钧　158

PART 4 庆幸有过这样的父母

我之所以能成为一个不十分坏的人,是母亲感化的

落花生 _ 许地山　167

我的母亲 _ 胡适　170

我的母亲 _ 邹韬奋　179

我的母亲 _ 老舍　188

母亲的时钟 _ 鲁彦　198

先父梦岐先生 _ 曹聚仁　211

我的父亲 _ 汪曾祺　218

PART 1

亲爱的孩子

愿你自在无虞地长大,
看见一个更好的世界

从孩子得到的启示

丰子恺

他能撤去世间事物的因果关系的网,看见事物的本身的真相。

晚上喝了三杯老酒，不想看书，也不想睡觉，捉一个四岁的孩子华瞻来骑在膝上，同他寻开心。我随口问：

"你最喜欢什么事？"

他仰起头一想，率然地回答：

"逃难。"

我倒有点奇怪："逃难"两字的意义，在他不会懂得，为什么偏偏选择它？倘然懂得，更不应该喜欢了。我就设法探问他：

"你晓得逃难就是什么？"

"就是爸爸、妈妈、宝姐姐、软软……娘姨，大家坐汽车，去看大轮船。"

啊！原来他的"逃难"的观念是这样的！他所见的

"逃难",是"逃难"的这一面!这真是最可喜欢的事!

一个月以前,上海还属孙传芳的时代,国民革命军将到上海的消息日紧一日,素不看报的我,这时候也定一份《时事新报》,每天早晨看一遍。有一天,我正在看昨天的旧报,等候今天的新报的时候,忽然上海方面枪炮声起了,大家惊惶失色,立刻约了邻人,扶老携幼地逃到附近的妇孺救济会里去躲避。其实倘然此地果真进了战线,或到了败兵,妇孺救济会也是不能救济的。不过当时张皇失措,有人提议这办法,大家就假定它为安全地带,逃了进去。那里面地方很大,有花园、假山、小川、亭台、曲栏、长廊、花树、白鸽,孩子一进去,登临盘桓,快乐得如入新天地了。忽然兵车在墙外轰过,上海方面的机关枪声、炮声,愈响愈近,又愈密了。大家坐定之后,听听,想想,方才觉到这里也不是安全地带,当初不过是自骗罢了。有决断的人先出来雇汽车逃往租界。每走出一批人,留在里面的人增一次恐慌。我们结合邻人来商议,也决定出来雇汽车,逃到杨树浦的沪江大学。于是立刻把小孩子们从假山中、栏杆内捉出来,装进汽车里,飞奔杨树浦了。

所以决定逃到沪江大学者,因为一则有邻人与该校熟识，二则该校是外国人办的学校，较为安全可靠。枪炮声渐远渐弱，到听不见了的时候，我们的汽车已到沪江大学。他们安排一个房间给我们住，又为我们代办膳食。傍晚，我坐在校旁的黄浦江边的青草堤上，怅望云水遥忆故居的时候，许多小孩子采花、卧草，争看无数的帆船、轮船的驶行，又是快乐得如入新天地了。

次日，我同一邻人步行到故居来探听情形的时候，青天白日的旗子已经招展在晨风中，人人面有喜色，似乎从此可庆承平了。我们就雇汽车去迎回避难的眷属，重开我们的窗户，恢复我们的生活。从此"逃难"两字就变成家人的谈话的资料。

这是"逃难"。这是多么惊慌、紧张而忧患的一种经历！然而人物一无损丧，只是一次虚惊；过后回想，这回好似全家的人突发地出门游览两天。我想假如我是预言者，晓得这是虚惊，我在逃难的时候将何等有趣！素来难得全家出游的机会，素来少有坐汽车、游览、参观的机会。那一天不论时，不论钱，浪漫地、豪爽地、痛快地举行这游历，实在是人生难得的快事！只有小孩子真果感得这快味！他们逃难回来以后，常常拿香烟簏子来叠作栏杆、小桥、汽车、轮船、帆船；常常问我关于轮船、帆船的事；墙壁上及门上又常常有有色粉笔画的轮船、帆船、亭子、石桥的壁画出现。可见这"逃难"，在他们脑中有难忘的欢乐的印象。所以今晚我无端地问华瞻最喜欢什么事，他立刻选定这"逃难"。原来他所见的，是"逃难"的这一面。

不止这一端：我们所打算，计较，争夺的洋钱，在他们看来个个是白银的浮雕的胸章；仆仆奔走的行人，血汗涔涔的劳动者，在他们看来个个是无目的地在游戏，在演剧；一切建设，一切现象，在他们看来都是大自然的点缀，装饰。

唉！我今晚受了这孩子的启示了：他能撤去世间事物的因果关系的网，看见事物的本身的真相。他是创造者，能赋给生命于一切的事物。他们是"艺术"的国土的主人。唉，我要从他学习！

（本文原载1927年7月10日《小说日报》第18卷第7号）

一

整整两年了，我不看见你们。

世路太崎岖，然而我相信你们仍是飞翔空中的自由鸟。在我感到生活过分的严重时，我就想躲在你们美丽的羽翼下，求些许时的安息。

唉！亲爱的小鸟儿们——你们最欢喜我这样的称呼，不是吗？当我将要离开你们时，我曾经过虑的猜疑你们，我说："孩子们，我要多看你们几次，使我的脑膜上深印着你们纯洁的印象，一直到我没有知觉的那一天……"

"先生！你不是说两年后就回来吗？"阿堃诚挚的望着我的脸说。

"不错，我是这样计划着，不过我怕两年后你们已不像现在的对我热烈了。我怕失掉这人间的至宝，所以现在我要深深的藏起来。"

"哦！不会的，先生！我们永远是一只柔驯的小鸟儿，时常围绕着您！"

多可爱，你们那清脆的声音，无邪的眼睛，现在虽然离开了你们整两年，为了特别的原因，我不能回到你们那里，而关于你们的一切，我不时都能想起。

每逢在下课后，你们牵成一个大圈子，把我围在核心，你们跳舞、唱歌，有时我急着要走，你们便抢掉我手里的书包，夺走我披着的大衣。阿堃最顽皮，跑出圈子，悄悄走到整容镜前，穿上我的大衣，拿着书包，学着我走路的姿势，一本正经的走过同学们面前，以致惹得他们大笑，而阿堃的脸上却绷得没有一丝笑纹，这时你们有的笑得俯下身体叫肚子疼，我却高声的喊："小鸟儿们不要吵！"

"是的大姐姐，我们不再吵了，可是大姐姐得告诉我们《夜莺诗人》的故事！"阿堃娇憨的央求着。而你们也附和着"大姐姐讲，大姐姐讲"，乱哄的嚷成一片。呵！多可爱的小鸟儿们呀！两年来我不曾听见你们清脆的歌声了，在江南我虽也教着那一群天真的女孩，但是她们太娇婉，太懂事故，使我不能从她们的身上，找出你们的坦白、直爽、无愁无虑，因此我时常热切的怀念你们。

你们所刻在我心幕上的印象太深了，在丰润苹果般的脸上，不只充溢了坦白的顽皮；有时诚挚感动的光波，是盎然于你们的眼里，每当我不响的向你们每个可爱的面孔上看时，你们是那样乖，那样知趣的等待着，自然你们早已摸到我的脾气，每逢这种时候，我总有些严重的话，要敲进你们的心门，唉！亲爱的小鸟儿们，现在想来我真觉得罪过，我自己太脆弱易感，可是我有了什么忧愁和感慨，我不愿在那些老成持重的人们面前申诉，而我只喜欢把赤裸的心弦在你们面前弹。说起来我太自私，因为我把得定这凄音能激起你们深切的共鸣，而我忘记这是使你们受苦的。

那一天我给你们讲国语，正讲到一个《爱国童子》的故事，那时你们已经够兴奋了，而我还要更使你们兴奋到流泪，我把国内政治的黑暗揭示给你们听，把险诈的人心在你们面前解剖，立刻我看见你们脸上的笑容淡了，舒展的眉峰慢慢攒聚起来了，你们在地板上擦鞋底的毛病，也陡然改了，课堂里那样静悄悄。我呢，庄严的坐在讲坛上，残忍的把你们的灵魂宰割，好像一个屠夫宰割一群小羊般。因此每次在我把你们搅扰后，我不知不觉要红脸,要咽泪。唉!亲爱的孩子们,我虽然对你们如是的不仁,而你们还是那样热烈的信任我、爱戴我,有时候你们遇到困难的问题,不去告诉你们亲切的父母,而反来和我商量,当这种时候,竟使我又欢喜又惭愧。在这个到处弥漫了欺诈的世界上,而你们偏是这样天真、无邪,这怎能叫我不欢喜呢?但是自己仔细一想,像我这样寒伧的灵魂,又有什么修养,究能帮助你们多少?恐怕要辜负了你们的热望,这种罪恶,比我在一切人群中,所犯的任何罪恶都来得不容轻赦。唉!亲爱的小鸟儿们呀!你们诚意的想从人间学到一切,而你们实是这世界上最高明的先生,你们有世人久已遗失的灵魂,你们有世人所绝无的纯真。你们的器量胸襟,是与万物神灵相融合的。一个乞丐,被人人所鄙视,而你们看他与天上的神祇没有分别;便是一只麻雀也能得你们热烈友情的爱护。你们是伟大的,我一生不崇拜英雄,我只崇拜你们。

但是残忍的时光,转变的流年,他们无时无刻不在剥蚀你们,层出不穷的人事,将如毒蛇般毁灭你们的灵魂。在你们含着甜净的美靥上,刻了轻微的愁苦之纹,渐渐的你们便失去了纯真。被快乐的神祇所摒弃。唉!

亲爱的小鸟儿们！你们应当怎样抓住你们的青春！你们不愿意永远保持孩子的心吗？但是你们无法禁止太阳的轮子，继续不断的转，也不能留住你们的青春！只有一件事是你们可以办得到的，你们永远不要做一件使良心痛苦的事，努力亲近大自然，选择你们的朋友，于春风带来的鸟声中，于秋雨洒遍的田野间。一切的小生物都比久经世故的人类聪明、纯洁。这样你们才能永远保持孩子纯真的心，永远做只自由翔空的鸟儿；并且可用你们大公无私的纯情来拯救沉沦的人类。

亲爱的小鸟儿们，愿秋风带来你们清醇的歌声，更盼雁阵从这里过时，给我留下些你们的消息。

我心弦的繁音，将慢慢的向你们弹；我将告诉你们在这分别的两年中，我所经历的一切。我更想把江南温柔女儿的心音，弹给你们听。

再谈了，我亲爱的小鸟儿们！愿今夜你们的美羽，飞入我的梦魂！

二

黄昏时你们如一群小天使般飞到我家里。垒和壁每人手里捧着两束鲜花。花束上的凤尾草直拖到地上，堃个子太小，又怕踏了它，因此踮起脚来走着，壁先开口说："大姐！这是我们送你的纪念品！"

"呵！多谢！我的小鸟儿们！"我说过这话，心里真有些酸楚，回头看你们时，也都眼泪汪汪的注视着我，天真的孩子们！我真有些不该，使你们嫩弱的心灵上，受到离别的创伤！我笑着拉你们到房里。把我预备好了的许多小画片分给你们，并且每人塞了一块糖在嘴里，你们终竟笑了，我才算放了心。

七点多钟，我们分坐三辆汽车，一同来到东车站，堃和壁还不曾忘记那两束花。可怜的小手臂，一定捧得发酸了吧！我叫你们把它们放在箱子上，你们只笑着摇头，直到我的车票买好，上了二等车，你们才恭恭敬敬的把那两束花放在我身旁的小桌上。这时来送行的朋友亲戚竟挤满了一屋子，你们真乖觉，连忙都退出来，只站在车窗前，两眼灼灼的望着我。这使我无心应酬那些亲戚朋友，丢下他们，跑下车来，果然不出所料，你们都团团把我围住。可是你们并没多话说。只在你们的神色上，把你们惜别的真情，都深印在我心上了。

不久开车的铃声响了。我和你们握过手，跳上车去，那车已渐渐的动起来了。

"给我们写信!"在人声喧闹中,我听见堃这样叫着,我点头,摇动手巾,而你们的影子远了。车子已出了城,我只向着那两束花出神,好像你们都躲在花心里,可是当我采下一朵半开的玫瑰细看时,我的幻想被惊破了。哦!我才知道从此我的眼前找不到你们,要找除非到我的心里去。

不知不觉,车子已到了丰台站。推开窗子,漫天涌着朵朵的乌云,那上弦的残月,偶尔从云隙里向外探头,照着荒漠的平原,显出一种死的寂静,我靠窗子看了半晌,觉得秋夜的风十分锐利,吹得全身发颤,连忙关上玻璃窗,躲在长椅上休息。正在有些睡意的时候,忽听见一阵细碎的声音,敲在窗上,抬起身子细看了,才知道已经下起雨来,这时车已到天津站了。雨越下越紧,水滴从窗子缝里淌了下来,车厢里满了积水,脚不敢伸下去,只好蜷伏着不动。

在听风听雨的心情中我竟沉沉睡去,天亮时我醒来,知道雨还不曾止,车窗外的天竟墨墨的向下沉,几乎立刻就要被活埋了。唉,亲爱的孩子们!这时我真想回去,同你们在一起唱歌捉迷藏呢!

正在我烦躁极了的时候,忽然车子又停住了。伸头向外看看正是连山车站,我便约了同行的朋友,到饭车去吃些东西。一顿饭吃完了,而车子还没有开走的消息,我们正在猜疑,忽又遇见一个朋友,从头等车那面走来,我们谈起,才知道前面女儿河的桥被大水冲坏了,车子开不过去,据他说也许隔几个钟头便可修好,因此我们只好闷坐着等。可恨雨仍不止,便连到站台上散散步都办不到,而且车厢里非常潮湿,一群群的苍蝇像造反般飞旋。同时厕所里一阵阵的臭味,熏得令人作呕,——而最可恼的是你们送我的那些鲜花,也都低垂了头,憔悴的望着我。

夜里八点了,仍然没有开车的消息。雨呢!一阵密一阵稀的下着,全车上的人,都无精打采的在打盹,忽然听见呜呜的汽笛声,跟着从东北开来一辆火车,到站停车,我们以为前面断桥已经修好,都不禁喜形于色,热望开车,哪晓得这时忽跳上几个铁路的路警,和护车的兵士来,他们满身淋得水鸡似的,一个身材高高,年纪很轻的兵自言自语的道:"他妈的,差点没干了,好家伙,这群胡子,够玩的,要不仗了水深,他们早追上来了,瞎乒乓开了几十枪!……"

"怎么,没有受伤吗?"一个胖子护车警察接着问。

"还好！没有受伤的，唉，他妈的，我们就没敢开枪，也顾不得要开车的牌子，拨转车头就跑回来了。"那高身材的兵说。

这个没头没脑的消息，多么使人可怕，全车的人，脸上都变了颜色。这二等车上有从北戴河上来的外国女人，她们听说胡子，不知是什么东西，也许她们是想到那戏台上所看见披红胡子的花脸了吗？于是一阵破竹般的笑声，打破了车厢里的沉闷空气。

后来经一个中国女医生，把这胡子的可怕告诉她们，立刻她们耸了一耸肩皱皱眉头，沉默了！

车上的客人们，全为了这件事，纷纷议论，才知道适才那辆车，是从山海关开来的，车上有几箱现款，被胡子探听到了，所以来抢车，那些胡子都在陈家屯高粱地里埋伏着。只是这时山水大涨，高粱地上水深三尺多，这些胡子都伏在水里，因此走得慢，不然把车子包围了，两下里就免不了要开火，那就要苦了车上的客人，所以只好掉头跑回来了。现在这辆车也停在连山站，就是退回去都休想了，因为上一站绥中县也被大水冲了，因此只好都在连山过夜。连山是个小站，买东西极不方便，饭车上的饭也没有多少了，这些事情都不免使客人们着急。

夜里车上的电灯都熄了,所有的路警护车兵,都调到站外驻扎去了。满车乌黑,而且窗外狂风虎吼般的吹着,睡也不能入梦,不睡却苦无法消遣,真窘极了。好容易挨到村外的鸡唱五更,东方有些发白了,心才稍稍安定,——亲爱的小鸟儿们!我想你们看到这里也正为我担着心呢,不是吗?

我们车上,女客很少,除了几个外国女人外,还有两个年轻的姑娘,一个姓唐的,是比你们稍微大些,可是比你们像是懂事。她是一个温柔沉默的女孩,这次为了哥哥娶嫂嫂同父亲回奉天参加典礼的。另外的那一个姓李,她是女子大学的学生,这次回家看她的母亲,并且曾打电报给家里,派人来接,因此她最焦急,——怕她倚闾盼望的母亲担心,她一直愁容满面的呆坐着。亲爱的孩子们!我同那两个年轻的姑娘,在连山站的站台上,散着步时,我是深切的想到你们,假如在这苦闷的旅途里,有了你们的笑声歌声,我一定要快乐得多!而现在呢,我也是苦恼的皱着眉头。

中午到了,太阳偶尔从云缝里透出光来,我的朋友铁君他忽走来说道:恐怕这车一时开不成,吃饭睡觉都不方便，约我们到离这里不远的高桥镇去，那里他有一个朋友，在师范学校做教务主任。真的这车上太闷人，所以我就决定去了。

到了高桥镇，小小的几间破烂瓦房，原来就是车站的办公室了。走过一条肮脏的小泥路，忽见面前河水涟漪；除变成有翅翼的小天使，是没法过去的。后来一个乡下人，赶着一辆骡车来了，骡车你们大约都没有看见过吧？用木头做成轿子形成的一个车厢，下面装上两个轮子，用一头骡子拖着走，这种车子，是从前清朝的时候，王公大人常坐的。可是太不舒服了，不但脚伸不直，而且时时要挨暴栗，——因为车子四周围都是硬木头做成的，车轮也是木头的，走在那坑陷不平的道路上，一颠一簸的，使坐在车里的人，一不小心，头上就碰起几个疙瘩来。

那个赶车的乡下人对我们说："坐我的车子过去吧！"

"你拖我们到师范学校要多少钱？"我的朋友们问。

"一块半钱吧！"车夫说。

"怎么那么贵？"我们说。

"先生！你不知道这路多难走呢，这样吧，干脆你给一块钱好了！"

"好，可是你要拖得稳！"

我们把东西先放到车上，然后我坐在车厢最里面，那两个朋友一个坐在外面，一个坐在右车沿上，赶车的坐在左车沿，他一声"吁，得，"骡子开始前进了。走不到几步，那积水越发深了，骡子的四条腿都淹没在水里，车厢歪在一边，我的心吓得怦怦跳，如果稍稍再歪一些，那车厢一定要翻过来扣在水里，这是多么险呀！

这时候车夫用蛮劲的打那骡，打得那骡子左闪右避，脚踝上淌着鲜血，真叫我不忍心，连忙禁止车夫不许打。我们想了方法，先叫一个乡下人把两位朋友背过河去，然后再把东西拿出来，车子轻了，骡子才用劲一跳，离开了那陷坑，我才算脱了险。

下了车子，一脚就踏进黄泥漩里去，一双白皮鞋立刻染成淡黄色的了。而且水都渗进鞋里去，满脚都觉得湿漉漉的，非常不舒服，颠颠簸簸，最后走到了师范学校了，可是我真不好意思进去，一双水泥鞋若被人看见了，简直非红脸不可。亲爱的小鸟儿们！假使你们看见了我这副形象，我想你们一定要好笑，可是你们同时也一定替我找双干净的鞋袜换上。现在呢！我只有让它湿着。因为箱子没有拿来，也无处找干净鞋子，只把袜子换了，坐在椅子上等鞋干。

这个学校房屋破旧极了，而且又因连日的大雨，墙也新塌了几座，不过这里的王先生待我们很忠实，心里也就大满意了。我们分住在几间有雨漏的房子里，把东西放下后，王先生请我们到馆子里去吃饭，可是我们走到所谓的大街上，原来是一条长不到十丈，阔不满一丈的小土道，在道旁有一家饭馆，也就是这镇上唯一的大店了。我们坐下喝了一杯满是咸涩味儿的茶，点起菜来除了猪肉就是羊肉，我被这些肉装满了肚子，回来时竟胃疼起来了。

到了晚上，没有电灯，只好点起洋蜡头来。正想睡觉，忽听见远处哨子的响声，那令人丧胆的胡匪影子，又逼真的涌上我的心头，这一夜我半睁着眼挨到天亮。

一天一天像囚犯坐监般的过去，也竟挨过十天了。这时忽得到有车子开回北平的消息，虽然我们不愿意折回去，可是通辽宁的车也不知什么时候才能开。没有办法，只好预备先回天津，从天津再乘船到日本去吧！

夜半从梦里醒来，半天空正下着倾盆的大雨，第二天清晨看见院子里积了一二尺深的水，叫人到车站问今天几点钟有车，谁知那人回来说，轨道又被昨夜的大雨冲坏了。——我们只得把已经打好的行李再打开，苦闷的等,足足又等了三天才上了火车,一路走过营盘、绥中等处,轨道都只用沙石暂垫起来的,所以车子走得像一条受了伤的虫子一般慢。挨到山海关时,车子停下来,前途又发生了风波,车站上人声乱哄哄,有的说这车不往南开了。问他为什么不开,他支支吾吾的更叫人疑心,我们也推测不出其中的奥妙。后来隐约听见有人在低声的说,"关里兵变,所以今夜这车不能开。"过了半点钟光景,我的朋友铁君又得了一个消息说:"兵变的事,完全是谣言,车子立刻就开了!"

果然不久车子便动起来,第二天九点钟到了天津,在天津住了几天,又坐船到日本,……呵!亲爱的孩子们,你们再想不到我又回到天津了吧!按理我应当再到北平和你们玩玩,不过我竟因了许多困难不能如愿——而且直到今天我才得工夫,把这一段艰辛的旅途告诉你们。亲爱的小鸟儿们,我想在这两年中,你们一定都长高了,但我愿你们还保持着从前那种纯真的心!

(本文原载1932年11月27日、12月11日《申江日报》)

有了小孩以后

老 舍

小孩使世界扩大,
使隐藏着的东西都显露出来。
非有小孩不能明白这个。

艺术家应以艺术为妻,实际上就是当一辈子光棍儿。在下闲暇无事,往往写些小说,虽一回还没自居过文艺家,却也感觉到家庭的累赘。每逢困于油盐酱醋的灾难中,就想到独人一身,自己吃饱便天下太平,岂不妙哉。

家庭之累,大半由儿女造成。先不用提教养的花费,只就淘气哭闹而言,已足使人心慌意乱。小女三岁,专会等我不在屋中,在我的稿子上画圈拉杠,且美其名曰"小济会写字"!把人要气没了脉,她到底还是有理!再不然,我刚想起一句好的,在脑中盘旋,自信足以愧死莎士比亚,假若能写出来的话。当是时也,小济拉拉我的肘,低声说:"上公园看猴?"于是我至今还未成莎士比亚。小儿一岁整,还不会"写字",也不晓得去看猴，但善亲亲，闭眼，张口展览上下四个小牙。我若没事，请求他闭眼，露牙，小胖子总会东指西指的打岔。赶到我拿起笔来，他那一套全来了，不但亲脸，闭眼，还"指"令我也得表演这几招。有什么办法呢？！

这还算好的。赶到小济午后不睡，按着也不睡，那才难办。到这么四点来钟吧，她的困闹开始，到五点钟我已没有人味。什么也不对，连公园的猴都变成了臭的，而且猴之所以臭，也应当由我负责。小胖子也有这种困而不睡的时候，大概多数是与小济同时发难。两位小醉鬼一齐找毛病，我就是诸葛亮恐怕也得唱空城计，一点办法没有！在这种干等束手被擒的时候，偏偏会来一两封快信——催稿子！我也只好闹脾气了。不大一会儿，把太太也闹急了，一家大小四口，都成了醉鬼，其热闹至为惊人。大人声言离婚，小孩怎说怎不是，于离婚的争辩中瞎打混。一直到七点后，二位小天使已困得动不的，离婚的宣言才无形的撤销。这还算好的。遇上小胖子出牙，那才真教厉害，不但白天没有情理，夜里还得上夜班。一会儿一醒，若被针扎了似的惊啼，他出牙，谁也不用打算睡。他的牙出利落了，大家全成了红眼虎。

不过，这一点也不妨碍家庭中爱的发展，人生的巧妙似乎就在这里。记得 Frank Harris① 仿佛有过这么点记载：他说王尔德为那件不名誉的案子过堂被审，一开头他侃侃而谈，语多幽默。及至原告提出几个男妓作证人，王尔德没了脉，非失败不可了。Harris 以为王尔德必会说："我是个戏剧家，为观察人生，什么样的人都当交往。假若我不和这些人接触，我从哪里去找戏剧中的人物呢？"可是，王尔德竟自没这么答辩，官司就算输了！

把王尔德且放在一边；艺术家得多去经验，Harris 的意见，假若不是特为王尔德而发的，的确是不错。连家庭之累也是如此。还拿小孩们说吧——这才来到正题——爱他们吧，嫌他们吧，无论怎说，也是极可宝贵的经验。

在没有小孩的时候，一个人的世界还是未曾发现美洲的时候的。小孩是科仑布②，把人带到新大陆去。这个新大陆并不很远，就在熟习的街道上和家里。你看，街市上给我预备的，在没有小孩的时候，似乎只有理发

---

① Frank Harris：弗兰克·哈里斯，爱尔兰裔美国作家。——编者注
② 科仑布：今译"哥伦布"。——编者注

馆，饭铺，书店，邮政局等。我想不出婴儿医院，糖食店，玩具铺等等的意义。连药房里的许许多多婴儿用的药和粉，报纸上婴儿自己药片的广告，百货店里的小袜子小鞋，都显着多此一举，劳而无功。及至小天使自天飞降，我的眼睛似乎戴上了一双放大镜，街市依然那样，跟我有关系的东西可是不知增加了多少倍！婴儿医院不但挂着牌子，敢情里边还有医生呢。不但有医生，还是挺神气，一点也得罪不得。拿着医生所给的神符，到药房去，敢情那些小瓶子小罐都有作用。不但要买瓶子里的白汁黄面和各色的药饼，还得买瓶子罐子，轧粉的钵，量奶的漏斗，乳头，卫生尿布，玩艺多多了！百货店里那些小衣帽，小家具，也都有了意义；原先以为多此一举的东西，如今都成了非它不行；有时候铺中缺乏了我所要的那一件小物品，我还大有看不起他们的意思：既是百货店，怎能不预备这件东西呢？！慢慢的，全街上的铺子，除了金店与古玩铺，都有了我的足迹；连当铺也走得怪熟。铺中人也渐渐熟识了，甚至可以随便闲谈，以小孩为中心，谈得颇有味儿。伙计们，掌柜们，原来不仅是站柜作买卖，家中还有小孩呢！有的铺子，竟自敢允许我欠账，仿佛一有了小孩，我的人格也好了些，能被人信任。三节的账条来得很踊跃，使我明白了过节过年的时候怎样出汗。

小孩使世界扩大，使隐藏着的东西都显露出来。非有小孩不能明白这个。看着别人家的孩子，肥肥胖胖，整整齐齐，你总觉得小孩们理应如此，一生下来就戴着小帽，穿着小袄，好像小雏鸡生下来就披着一身黄绒似的。赶到自己有了小孩，才能晓得事情并不这么简单。一个小娃娃身上穿戴着全世界的工商业所能供给的，给全家人以一切啼笑爱怨的经验，小孩的确是位小活神仙！

有了小活神仙，家里才会热闹。窗台上，我一向认为是摆花的地方。夏天呢，开着窗，风儿轻轻吹动花与叶，屋中一阵阵的清香。冬天呢，阳光射到花上，使全屋中有些颜色与生气。后来，有了小孩，那些花盆很神秘的都不见了，窗台上满是瓶子罐子，数不清有多少。尿布有时候上了写字台，奶瓶倒在书架上。大扫除才有了意义，是的，到时候非痛痛快快的收拾一顿不可了，要不然东西就有把人埋起来的危险。上次大扫除的时候，我由床底下找到了但丁的《神曲》。不知道这老家伙干吗在那里藏着玩呢！

人的数目也增多了，而且有很多问题。在没有小孩的时候，用一个仆人就够了，现在至少得用俩。以前，仆人"拿糖"，满可以暂时不用；没人作饭，就外边去吃，谁也不用拿捏谁。有了小孩，这点豪气乘早收起去。三天没人洗尿布，屋里就不要再进来人。牛奶等项是非有人管理不可，有儿方知卫生难，奶瓶子一天就得烫五六次；没仆人简直不行！有仆人就得捣乱，没办法！

好多没办法的事都得马上有办法，小孩子不会等着"国联"慢慢解决儿童问题。这就长了经验。半夜里去买药，药铺的门上原来有个小口，可以交钱拿药，早先我就不晓得这一招。西药房里敢情也打价钱，不等他开口，我就提出："还是四毛五？"这个"还是"使我省五分钱，而且落个行家。这又是一招。找老妈子有作坊，当票儿到期还可以入利延期，也都被我学会。没功夫细想，大概自从有了儿女以后，我所得的经验至少比一张大学文凭所能给我的多着许多。大学文凭是由课本里掏出来的，现在我却念着一本活书，没有头儿。

连我自己的身体现在都会变形，经小孩们的指挥，我得去装马装牛，还须装得像个样儿。不但装牛像牛，我也学会牛的忍性，小胖子觉得"开步走"有意思，我就得百走不厌；只作一回，绝对不行。多咱①他改了主意，多咱我才能"立正"。在这里，我体验出母性的伟大，觉得打老婆的人们满该下狱。

中秋节前来了个老道，不要米，不要钱，只问有小孩没有？看见了小胖子，老道高了兴，说十四那天早晨须给小胖子左腕上系一根红线。备清水一碗，烧高香三炷，必能消灾除难。右邻家的老太太也出来看，老道问她有小孩没有，她惨淡的摇了摇头。到了十四那天，倒是这位老太太的提醒，小胖子的左腕上才拴了一圈红线。小孩子征服了老道与邻家老太太。一看胖手腕的红线，我觉得比写完一本伟大的作品还骄傲，于是上街买了两尊兔子王，感到老道，红线，兔子王，都有绝大的意义！

（本文原载 1936 年 11 月 25 日《谈风》第 3 期）

---

① 多咱：北京方言，意思是"什么时候""何时"。——编者注

儿子的创意

毕淑敏

好了，随你瞎想好了。

儿子在家里乱翻我的杂志。突然说："我准备到日本旅游一次。"因为他经常异想天开，我置之不理。

他说："咦，你为什么不表态？难道不觉得我很勇敢吗？"

我说："是啊是啊，很勇敢。可世上有些事并不单单是勇敢就够用。比如这件事吧，还得有钱。"

他很郑重地说："这上面写着，举办一个有关宗教博物馆建筑的创意征文比赛。金牌获得者，免费到日本观光旅游。"说着，把一本海外刊物递给我。

我看也不看地说："关于宗教，你懂得多少？关于建筑，你懂得多少？金牌银牌历来都只有一块，多么激烈的争夺。你还是好好做功课吧。"

他毫不气馁地说:"可是我有创意啊。比如这个博物馆里可以点燃藏香,给人一种浓郁的宗教气氛。比如这个博物馆里可以卖斋饭,让参观的人色香味立体地感受宗教。比如这个博物馆里可以播放佛教音乐,您从少林寺带回的药师菩萨曲,听的时候就让人感到很宁静。比如……"

我打断他说:"别比如了,像你这样布置起来,我想起了旧社会的天桥。人家征的是建筑创意,要像悉尼的贝壳状大歌剧院,有独特的风格。我记得你小时候连积木都搭不好,还奢谈什么建筑!"

十几岁的儿子好脾气,不理睬我的挖苦,自语道:"在地面挖一个巨大的深坑,就要一百米吧,然后把这个博物馆盖在底下……"

我说:"噢,那不成了地下宫殿?"

儿子不理我,遐想着说:"博物馆和大地粗糙的岩石泥土间要留有空隙,再用透明的建筑材料砌成外墙,这样参观的人们时时刻刻会感到土地的存在,产生一种神秘感。从底下向阳光明媚的地面攀升,会有人的自豪感。地面部分设计成螺旋状的飞梯,象征着人类将向宇宙探索……"他在空中比划了一个上大下小的图形。

我不客气地打断他:"挖到地下那么深的地方,会有矿泉水涌出来,积成一个火山口样的湖泊。你想过没有?再说什么样的建筑材料,可以长久地保持你所要求的透明度?还有你设计的飞梯,空中的螺旋状,多么危险!反正我是不敢上这种喇叭形梯子的。还有……"

儿子摆摆手说:"妈妈,您说的问题都是问题。不过那是工程师们需要解决的问题,不关我的创意。妈妈,您知道什么是创意吗,那就是最富于创造性的意见啊。"

我叹了一口气说:"好了,随你瞎想好了。不过我要提醒你一句,对于一个学生来说,我以为最好的创意莫过于一个好成绩了。"

儿子在电脑上完成了他的创意。付邮之前,我说:"可以让我看看你的完成稿吗?"

他翻了我一眼说:"您是评委吗?"

我只好一笑了之。

很长时间过去了,在我们几乎将这事淡忘的时候,儿子收到了一个写着他的名字并称他为"先生"的大信封。

他看了一眼地址,是那家征文发起部门寄来的。儿子对我说:"妈妈,猜猜信里有什么?"

我说:"一封感谢信。所有的投稿者都会得到的回答。"

儿子说:"我猜是一张飞往东京的机票。"

我们拆开信,里面是一张请柬,邀请儿子到海外参加发奖仪式。

儿子苦恼地说:"现在赶去也来不及了。再说他们也没说清我是不是获奖者。"

我说:"还不死心啊?邀请你参加发奖,已是天大的面子。我想,这同我们这儿的电视剧友情出演一样,烘托气氛,以壮声威。是助兴之举。"

儿子思忖着说:"妈,您说这发奖会不会像奥斯卡奖一样,给所有可能获奖的人都发请柬,到时候再突然宣布谁是真正的得主?"

我说:"一个建筑奖恐怕不会像电影奖那样张扬。别想那么多了,重要的在于你已参与。"

儿子皱起眉头说:"参与固然重要,得奖也很重要。"

我说:"对于你现在最重要的是做作业。"

当我们把这件事完全忘记的时候,我们接到了征文举办部门的第二封信。

信中说,我的儿子没能去参加那天隆重的发奖仪式，他们深感遗憾。儿子得了创意银牌奖，奖牌及奖金他们设法转来。

儿子放学回来，还没摘书包，我就把信给他。

他看了一眼，然后淡淡地说："银牌啊？我想我是该得金牌的。一定是他们觉得我年岁小，一个人到日本去不方便。商量了一下就说，算了，给他个银牌吧。"

我瞠目结舌，停了一会儿才问他："你为什么这么想到日本去呢？"

他立时来了精神，兴致勃勃地说："日本的游戏机最好玩了，我去了就可以买一台回来玩啊。"

（本文创作和发表于20世纪90年代，选自《毕淑敏散文精选》，长江文艺出版社2019年4月出版）

做一个"欢喜"的学习者

毕淑敏

"欢喜型"的人边玩边走，
兴趣盎然地不断攀登，
绝不会因路边暂时的风景而停下脚步，
直到高远的天际。

一位心理学教授在录取报考她的研究生时,勾掉了得分最高的学生,取了分数略低的第二名。有人问,你是不是徇私舞弊或屈服于什么压力,才舍高就低?

她说,否。我在进行一项心理追踪研究,或者说是吸取教训。

她是位德高望重的学者,在专业范畴内颇有建树。别人一定要她讲讲录取标准。她缓缓地说:我已经招了多年的研究生,好像一个古老的匠人。我希望我所热爱的学科在我的学生手里发扬光大。老一辈毕竟要逝去,他们是渐渐暗淡下去的苍蓝。新的一辈一定要兴旺,他们是渐渐苏醒过来的嫩青。但选择什么样的接班人呢?我以前总是挑选那些得分最高、看起来兢兢业业、学习刻苦、埋头苦干,像鸡啄米一样片刻不闲的学生。我想,唯有因为热爱,他们才会如此努力取得优异的成绩,因此,他们应该是最好的。我在私下里称他们为"苦大仇深型"的学生。

许多年过去了,我有从容的时间,以目为尺注视着他们的脚步,考察他们的历史,以检验当年决定的命中率。

我发现自己错了。在未来的发展中最生龙活虎、最富有潜质并且宠辱不惊,成为真正的学科才俊的是那样一种人——他们表面上像狮子一样悠闲,甚至有点漫不经心和懒散;小的成绩并不能鼓励他们,反而让他们貌视般的淡漠;对导师的指导和批评,往往是矜持而有保留地接受,使得他们看起来很不虚心;多少有些落落寡合,经常得不到众口一词的称赞。失败的时候难得气馁灰心,几乎不需要鼓励;辉煌的时候也显不出异样的高兴,仿佛对成就有天然的免疫力。他们的面部表情总是充满孩子般的好奇,洋溢着一种快乐,我称之为"欢喜型"。

"苦大仇深型"的学习者,主要是为了改善自己的生存状态,追求科学知识给自身带来的优裕与好处。一且达到目的，对科学本身的挚爱就渐渐蒸发，代之以新的更敏捷的优化生存状态的努力。作为一种生活方式的选择，自然无可厚非，但作为学业继承者，则不是最好的人选。

"欢喜型"的学习者，也许一开始他们走得不快，脚力也并不显出格外的矫健，但心中的爱好犹如不断喷发的天然气，始终燃烧着熊熊的火焰，风暴无法将它吹熄。在火光的引导下，"欢喜型"的人边玩边走，兴趣盎然地不断攀登，绝不会因路边暂时的风景而停下脚步，直到高远的天际。

心理学教授说，几乎世上所有的事，都可以划分成"苦大仇深型"和"欢喜型"。就像读书，若是为了一个急切的目的而读，待事过境迁，就会与书形同路人。如果真是爱好喜欢，就会永远将书安放枕边，梦中与书相会。

（本文创作和发表于20世纪90年代，选自毕淑敏著《一个人就是一支骑兵》，湖南文艺出版社2020年6月出版）

对孩子说

李汉荣

你必须吃很多粮食、蔬菜、水果,
饮很多水和奶,
才能渐渐增长自己的身高和体重。

你必须吃很多粮食、蔬菜、水果，饮很多水和奶，才能渐渐增长自己的身高和体重。记住，是土地供给你营养让你渐渐高出土地，你不要忘了随时低下头来，甚至要全身心匍匐在地面上，看看土地的面容和伤痕。为了你站起来，土地一直谦卑地匍匐着，在伟大的土地面前，你一定要学会谦卑。

为了生长，你不得不多吃一些东西，这就不得不请求别的生命的帮助，这就难以避免地伤害了它们。憨厚的猪、忠实的牛、活泼的鱼、诚恳的鸡……都帮助了你的生长，多少牺牲构成了生命的庙宇。看似理所当然的过程，实际却充满着疼痛和伤害。为此，感恩和忏悔，应该成为你一生的功课，这样或许沉重了些，但沉重之后，你将获得真正的美德。

你将吃很多的盐，然后渐渐汇成内心的深海，并体会那种咸的感情。

你将翻过许多山，很可能你找不到通向峰顶的路径，那么继续攀登吧，许多迂回重复的路，使你的记忆弯曲并有了深度；而当你终于到达一座山顶，你会看到更远处那积雪的山峰，于是你知道，你必须不停地出发，生命就是不停地开始，只有过程，没有顶点。

你必须经历很多个夜晚，为此，你应该多准备一些灯盏。学会把灯高高地举起，不仅照亮了自己的夜晚，也为远处的另一位夜行者提示了路的存在。

永远向高处、向远处敞开胸怀，你将获得辽阔的胸怀和源源不竭的激情。

但是孩子，你必须有时把目光从高处远处收回，看看低处。学会尊重和热爱低处吧，热爱低处的人，热爱低处的劳动，热爱低处的水域，并化作一滴水汇入低处吧。最低处的海，最低处的水，养活着这个世界。

当然，孩子，我仍然没有说清楚什么，真理的金子隐藏在黑夜的泥沙里。为此，你必须走向你的河流，深入你的波涛，淘洗和寻觅吧，当整整一条河流都从你的手指间漫过，或许你会发现一些闪光的颗粒。

即使注定不会有什么发现，你也必须走向河流，与它一同发源，一同奔流，一同历险，一同化入苍茫。

孩子，向自己的河流走去吧……

（本文选自《李汉荣散文选集》，百花文艺出版社2011年7月出版）

别让孩子哭泣着弹奏《欢乐颂》

张丽钧

"早慧",在太多的孩子那里变成了一个不详的词语。

早晨上班,老远就看见办公室门边倚了个女人,蓬头垢面,满脸晦气。见我掏钥匙,冲我艰涩一笑,却比哭还难看。进了办公室,她说她是我的一个读者,遇到了难处,便跑来朝我讨主意。我有些慌神儿——我哪能拿出什么救世的主意呀?但也似乎只有听她倾诉的份儿。她说她儿子去年考上了一所二批本科大学,全家人乐疯了;可是,大一没有念完,孩子就被勒令退学了,原因是他拒不参加考试。我惊问原委,那女人眼泪就下来了:"他天天逃课,上网玩游戏,去考试也只能交白卷啊!"半天,我俩垂着头,一递一声地叹气,谁也不说话。末了我说:"要不,复读吧。"那女人说:"他不乐意呀!觉得忒丢脸。他回来俩月了,天天在家里猫着。有回邻居瞄见了他的影子，问我，你儿子咋回来了？臊得我呀，上吊的心思都有了！"

我辜负了那可怜的女人，我没能给她拿出任何有价值的"主意"；但我的分担使她感动，她拉着我的手说："谢谢你！跟你念叨念叨，我心里轻快多了。"

傍晚时分，表妹打来电话，激动得声音有些发颤："姐，向你报喜——我儿子在全幼儿园中班智力竞赛中拿了个特等奖耶！刚才，我被邀请参加颁奖仪式，电视台的记者都去了！还采访了我们娘儿俩呢！今天晚上新闻就播，姐你可要准时收看呀！"

我颓坐在椅子上，沮丧地跟自己说：唉，又一个不幸的消息……

作为一名教育工作者，我深知，刚才得到的消息与早晨得到的消息其实是互为因果的。在孩子最适合玩的时候，我们却填鸭般地为他填知识，他因而丢掉了不应该丢掉的宝贵一课，怎么办？那也好办，他会在长大之后报复般"恶补"上这一课的——该玩的时候学，该学的时候当然就得玩了。

我无数次地把一个发人深省的故事讲给周围的人听——1968年，美国内华达州的一位妈妈给三岁的女儿买回了生日蛋糕。妈妈取下蛋糕上的一粒樱桃后,松软的蛋糕上留下了一个明显的凹痕。这时候,只见女儿指着那处凹痕,不断喊出英文字母"O"。——这若是换成一位中国妈妈,一定会喜出望外的!或许还会打电话给自己的表姐,炫耀女儿天资聪颖。然而,你知道那个美国妈妈当时是怎样的心情吗?那个美国妈妈十分愤怒,毅然把女儿所在的幼儿园告上了法庭。理由是:上幼儿园的女儿,如果不学习26个字母,类似的"O"形她能说出苹果、太阳、足球、鸟蛋等,但现在她却失去了这个能力。这位愤怒的母亲要求幼儿园赔偿孩子的"精神损失"。——这若是换成一位中国法官,或许会认为这个妈妈是在无理取闹吧?幼儿园把你家孩子的智力那么早就开发出来了,没让你家孩子"输在起跑线上",你还不赶快谢恩!然而,你知道美国的法院是怎样做的吗?法院很快开庭审理该案,结果是幼儿园败诉!内华达州也因此而郑重修改了《公民教育保护法》。现在美国的《公民权利法》规定,幼儿在幼儿园拥有两项权利:"玩的权利"和"问为什么的权利"。

——纪伯伦说:孩子的心,住在"明日之屋"。蛋糕上的樱桃被取走后,留下的是一处天使的吻痕,只有孩子,才有能耐在那处吻痕中发现奇迹。

我认识一位母亲,太希望别人夸她女儿"早慧"了!她拽着那个两岁多一点的孩子在人前背诵李白的《将进酒》。那孩子举着一颗棒棒糖,贪馋地吮,妈妈哄着拿开她的手,开头道:"君不——",孩子说:"见";妈妈欢喜接茬:"黄河之水天上——",她期待孩子说"来",孩子偏偏忘了,妈妈气恼地劈手夺了她的棒棒糖,焦灼地用"勒"音引导,孩子于是哭哭咧咧说出了一个含混的"来"字;妈妈兴奋接茬:"奔流到海不复——",孩子又不会说"回"了,妈妈气得跺脚,跟众人解释道:"在家里背得好着呢!一口气能把《将进酒》背下来……"

我见过哭泣着弹奏《欢乐颂》的天才琴童,也听说过为逃避练琴而自断手指的明星琴童。"早慧",在太多的孩子那里变成了一个不祥的词语。在孩子需要"玩"和"问"的年龄里,我们就开始不由分说地拿"知识"去蹂躏他(她),对其智力资源进行"掠夺性开发",孩子小小的心,堆积了满满的对"知识"的厌倦与仇恨;伴随着确切无疑的"知识"的获取,他(她)丧失了想象的能力,早早就可悲地知晓了人是不可以像小鸟那样飞的;即便他(她)在幼儿园的智力大赛中捧得大奖,也终难逃脱走向平庸的厄运。该玩的时候学,该学的时候玩,我们什么时候才能走出这个愚昧至极的怪圈?悲怆的"钱学森之问",究竟问醒了几个国人?我们的法律什么时候才肯担当地站出来,将孩子应有的权利硬性地还给孩子?

——"小时了了,大未必佳",是谁,将这八字谶语送给了你我,且让我们在它的寒气中,瑟缩千载……

(本文选自《花香拦路:张丽钧自选集》,甘肃人民出版社2021年7月出版)

PART 2
教养的艺术

父母对于子女,应该健全的产生,
尽力的教育,完全的解放

我们现在怎样做父亲

鲁 迅

我现在心以为然的,便只是"爱"。

我作这一篇文的本意,其实是想研究怎样改革家庭;又因为中国亲权重,父权更重,所以尤想对于从来认为神圣不可侵犯的父子问题,发表一点意见。总而言之:只是革命要革到老子身上罢了。但何以大模大样,用了这九个字的题目呢?这有两个理由:

第一,中国的"圣人之徒",最恨人动摇他的两样东西。一样不必说,也与我辈绝不相干;一样便是他的伦常,我辈却不免偶然发几句议论,所以株连牵扯,很得了许多"铲伦常""禽兽行"之类的恶名。他们以为父对于子,有绝对的权力和威严;若是老子说话,当然无所不可,儿子有话,却在未说之前早已错了。但祖父子孙,本来各各都只是生命的桥梁的一级,决不是固定不易的。现在的子，便是将来的父，也便是将来的祖。我知道我辈和读者，若不是现任之父，也一定是候补之父，而且也都有做祖宗的希望，所差只在一个时间。为想省却许多麻烦起见，我们便该无须客气，尽可先行占住了上风，摆出父亲的尊严，谈谈我们和我们子女的事；不但将来着手实行，可以减少困难，在中国也顺理成章，免得"圣人之徒"听了害怕，总算是一举两得之至的事了。所以说，"我们怎样做父亲。"

第二，对于家庭问题，我在《新青年》的《随感录》（二五，四十，四九）中，曾经略略说及，总括大意，便只是从我们起，解放了后来的人。论到解放子女，本是极平常的事，当然不必有什么讨论。但中国的老年，中了旧习惯旧思想的毒太深了，决定悟不过来。譬如早晨听到乌鸦叫，少年毫不介意，迷信的老人，却总须颓唐半天。虽然很可怜，然而也无法可救。没有法，便只能先从觉醒的人开手，各自解放了自己的孩子。自己背着因袭的重担，肩住了黑暗的闸门，放他们到宽阔光明的地方去；此后幸福的度日，合理的做人。

还有，我曾经说，自己并非创作者，便在上海报纸的《新教训》里，挨了一顿骂。但我辈评论事情，总须先评论了自己,不要冒充,才能像一篇说话,对得起自己和别人。我自己知道,不特并非创作者,并且也不是真理的发见者。凡有所说所写,只是就平日见闻的事理里面,取了一点心以为然的道理;至于终极究竟的事,却不能知。便是对于数年以后的学说的进步和变迁,也说不出会到如何地步,单相信比现在总该还有进步还有变迁罢了。所以说,"我们现在怎样做父亲。"

我现在心以为然的道理,极其简单。便是依据生物界的现象,一,要保存生命;二,要延续这生命;三,要发展这生命(就是进化)。生物都这样做,父亲也就是这样做。

……

生命何以必需继续呢?就是因为要发展,要进化。个体既然免不了死亡,进化又毫无止境,所以只能延续着,在这进化的路上走。走这路须有一种内的努力,有如单细胞动物有内的努力,积久才会繁复,无脊椎动物有内的努力,积久才会发生脊椎。所以后起的生命,总比以前的更有意义,更近完全,因此也更有价值,更可宝贵;前者的生命,应该牺牲于他。

但可惜的是中国的旧见解,又恰恰与这道理完全相反。本位应在幼者，却反在长者；置重应在将来，却反在过去。前者做了更前者的牺牲，自己无力生存，却苛责后者又来专做他的牺牲，毁灭了一切发展本身的能力。我也不是说，——如他们攻击者所意想的，——孙子理应终日痛打他的祖父，女儿必须时时咒骂他的亲娘。是说，此后觉醒的人，应该先洗净了东方古传的谬误思想，对于子女，义务思想须加多，而权利思想却大可切实核减，以准备改作幼者本位的道德。况且幼者受了权利，也并非永久占有，将来还要对于他们的幼者，仍尽义务。只是前前后后，都做一切过付的经手人罢了。

"父子间没有什么恩"这一个断语，实是招致"圣人之徒"面红耳赤的一大原因。他们的误点，便在长者本位与利己思想，权利思想很重，义务思想和责任心却很轻。以为父子关系，只须"父兮生我"一件事，幼者的全部，便应为长者所有。尤其堕落的，是因此责望报偿，以为幼者的全部，理该做长者的牺牲。殊不知自然界的安排，却件件与这要求反对，我们从古以来，逆天行事，于是人的能力，十分萎缩，社会的进步，也就跟着停顿。我们虽不能说停顿便要灭亡，但较之进步，总是停顿与灭亡的路相近。

自然界的安排，虽不免也有缺点，但结合长幼的方法，却并无错误。他并不用"恩"，却给与生物以一种天性，我们称他为"爱"。动物界中除了生子数目太多——爱不周到的如鱼类之外，总是挚爱他的幼子，不但绝无利益心情，甚或至于牺牲了自己，让他的将来的生命，去上那发展的长途。

人类也不外此，欧美家庭，大抵以幼者弱者为本位，便是最合于这生物学的真理的办法。便在中国，只要心思纯白，未曾经过"圣人之徒"作践的人，也都自然而然的能发现这一种天性。例如一个村妇哺乳婴儿的时候，决不想到自己正在施恩；一个农夫娶妻的时候，也决不以为将要放债。只是有了子女，即天然相爱，愿他生存；更进一步的，便还要愿他比自己更好，就是进化。这离绝了交换关系利害关系的爱，便是人伦的索子，便是所谓"纲"。倘如旧说，抹煞了"爱"，一味说"恩"，又因此责望报偿，那便不但败坏了父子间的道德，而且也大反于做父母的实际的真情，播下乖剌的种子。有人做了乐府，说是"劝孝"，大意是什么"儿子上学堂，母亲在家磨杏仁，预备回来给他喝，你还不孝么"之类，自以为"拚①命卫道"。殊不知富翁的杏酪和穷人的豆浆,在爱情上价值同等,而其价值却正在父母当时并无求报的心思;否则变成买卖行为,虽然喝了杏酪,也不异"人乳喂猪",无非要猪肉肥美,在人伦道德上,丝毫没有价值了。

所以我现在心以为然的,便只是"爱"。

无论何国何人,大都承认"爱己"是一件应当的事。这便是保存生命的要义,也就是继续生命的根基。因为将来的运命,早在现在决定,故父母的缺点,便是子孙灭亡的伏线,生命的危机。易卜生做的《群鬼》(有潘家洵君译本,载在《新潮》一卷五号)虽然重在男女问题,但我们也可以看出遗传的可怕。欧士华本是要生活,能创作的人,因为父亲的不检,先天得了病毒,中途不能做人了。他又很爱母亲,不忍劳他服侍,便藏着吗啡,想待发作时候,由使女瑞琴帮他吃下,毒杀了自己;可是瑞琴走了。他于是只好托他母亲了。

欧:"母亲,现在应该你帮我的忙了。"

阿夫人:"我吗?"

欧:"谁能及得上你。"

---

① 拚(pàn):舍弃不顾。——编者注

阿夫人："我！你的母亲！"

欧："正为那个。"

阿夫人："我，生你的人！"

欧："我不曾教你生我。并且给我的是一种什么日子？我不要他！你拿回去罢！"

这一段描写，实在是我们做父亲的人应该震惊戒惧佩服的；决不能昧了良心，说儿子理应受罪。这种事情，中国也很多，只要在医院做事，便能时时看见先天梅毒性病儿的惨状；而且傲然的送来的，又大抵是他的父母。但可怕的遗传，并不只是梅毒；另外许多精神上体质上的缺点，也可以传之子孙，而且久而久之，连社会都蒙着影响。我们且不高谈人群，单为子女说，便可以说凡是不爱己的人，实在欠缺做父亲的资格。就令硬做了父亲，也不过如古代的草寇称王一般，万万算不了正统。将来学问发达，社会改造时，他们侥幸留下的苗裔，恐怕总不免要受善种学（Eugenics）者的处置。

倘若现在父母并没有将什么精神上体质上的缺点交给子女，又不遇意外的事，子女便当然健康，总算已经达到了继续生命的目的。但父母的责任还没有完，因为生命虽然继续了，却是停顿不得，所以还须教这新生命去发展。凡动物较高等的，对于幼雏，除了养育保护以外，往往还教他们生存上必需的本领。例如飞禽便教飞翔，鸷兽便教搏击。人类更高几等，便也有愿意子孙更进一层的天性。这也是爱，上文所说的是对于现在，这是对于将来。只要思想未遭锢蔽的人，谁也喜欢子女比自己更强，更健康，更聪明高尚，——更幸福；就是超越了自己，超越了过去。超越便须改变，所以子孙对于祖先的事，应该改变，"三年无改于父之道可谓孝矣"，当然是曲说，是退婴的病根。假使古代的单细胞动物，也遵着这教训，那便永远不敢分裂繁复，世界上再也不会有人类了。

幸而这一类教训，虽然害过许多人，却还未能完全扫尽了一切人的天性。没有读过"圣贤书"的人，还能将这天性在名教的斧钺底下，时时流露，时时萌蘖；这便是中国人虽然凋落萎缩，却未灭绝的原因。

所以觉醒的人，此后应将这天性的爱，更加扩张，更加醇化；用无我的爱，自己牺牲于后起新人。开宗第一，便是理解。往昔的欧人对于孩子的误解，是以为成人的预备；中国人的误解，是以为缩小的成人。直到近来，经过许多学者的研究，才知道孩子的世界，与成人截然不同；倘不先行理解，一味蛮做，便大碍于孩子的发达。所以一切设施，都应该以孩子为本位，日本近来，觉悟的也很不少；对于儿童的设施，研究儿童的事业，都非常兴盛了。第二，便是指导。时势既有改变，生活也必须进化；所以后起的人物，一定尤异于前，决不能用同一模型，无理嵌定。长者须是指导者协商者，却不该是命令者。不但不该责幼者供奉自己；而且还须用全副精神，专为他们自己，养成他们有耐劳作的体力，纯洁高尚的道德，广博自由能容纳新潮流的精神，也就是能在世界新潮流中游泳，不被淹没的力量。第三，便是解放。子女是即我非我的人，但既已分立，也便是人类中的人。因为即我，所以更应该尽教育的义务，交给他们自立的能力；因为非我，所以也应同时解放，全部为他们自己所有，成一个独立的人。

这样，便是父母对于子女，应该健全的产生，尽力的教育，完全的解放。

但有人会怕，仿佛父母从此以后，一无所有，无聊之极了。这种空虚的恐怖和无聊的感想，也即从谬误的旧思想发生；倘明白了生物学的真理，自然便会消灭。但要做解放子女的父母，也应预备一种能力。便是自己虽然已经带着过去的色采，却不失独立的本领和精神，有广博的趣味，高尚的娱乐。要幸福么？连你的将来的生命都幸福了。要"返老还童"，要"老复丁"么？子女便是"复丁"，都已独立而且更好了。这才是完了长者的任务，得了人生的慰安。倘若思想本领，样样照旧，专以"勃谿"为业，行辈自豪，那便自然免不了空虚无聊的苦痛。

或者又怕，解放之后，父子间要疏隔了。欧美的家庭，专制不及中国，早已大家知道；往者虽有人比之禽兽，现在却连"卫道"的圣徒，也曾替他们辩护，说并无"逆子叛弟"了。因此可知：惟其解放，所以相亲；惟其没有"拘挛"子弟的父兄，所以也没有反抗"拘挛"的"逆子叛弟"。若威逼利诱，便无论如何，决不能有"万年有道之长"。例便如我中国，汉有举孝，唐有孝悌力田科，清末也还有孝廉方正，都能换到官做。父恩谕之于先，皇恩施之于后，然而割股的人物，究属寥寥。足可证明中国的旧学说旧手段，实在从古以来，并无良效，无非使坏人增长些虚伪，好人无端的多受些人我都无利益的苦痛罢了。

独有"爱"是真的。路粹引孔融说，"父之于子，当有何亲？论其本意，实为情欲发耳。子之于母，亦复奚为，譬如寄物瓶中，出则离矣。"（汉末的孔府上，很出过几个有特色的奇人，不像现在这般冷落，这话也许确是北海先生所说；只是攻击他的偏是路粹和曹操，教人发笑罢了。）虽然也是一种对于旧说的打击，但实于事理不合。因为父母生了子女，同时又有天性的爱，这爱又很深广很长久，不会即离。现在世界没有大同，相爱还有差等，子女对于父母，也便最爱，最关切，不会即离。所以疏隔一层，不劳多虑。至于一种例外的人，或者非爱所能钩连。但若爱力尚且不能钩连，那便任凭什么"恩威，名分，天经，地义"之类，更是钩连不住。

或者又怕，解放之后，长者要吃苦了。这事可分两层：第一，中国的社会，虽说"道德好"，实际却太缺乏相爱相助的心思。便是"孝""烈"这类道德，也都是旁人毫不负责，一味收拾幼者弱者的方法。在这样社会中，不独老者难于生活，即解放的幼者，也难于生活。第二，中国的男女，大抵未老先衰，甚至不到二十岁，早已老态可掬，待到真实衰老，便更须别人扶持。所以我说，解放子女的父母，应该先有一番预备；而对于如此社会，尤应该改造，使他能适于合理的生活。许多人预备着，改造着，久而久之，自然可望实现了。单就别国的往时而言，斯宾塞未曾结婚，不闻他侘傺无聊；瓦特早没有了子女，也居然"寿终正寝"，何况在将来，更何况有儿女的人呢？

或者又怕，解放之后，子女要吃苦了。这事也有两层，全如上文所说，不过一是因为老而无能，一是因为少不更事罢了。因此觉醒的人，愈觉有改造社会的任务。中国相传的成法，谬误很多：一种是锢闭，以为可以与社会隔离，不受影响。一种是教给他恶本领，以为如此才能在社会中生活。用这类方法的长者，虽然也含有继续生命的好意，但比照事理，却决定谬误。此外还有一种，是传授些周旋方法，教他们顺应社会。这与数年前讲"实用主义"的人，因为市上有假洋钱，便要在学校里遍教学生看洋钱的法子之类，同一错误。社会虽然不能不偶然顺应，但决不是正当办法。因为社会不良，恶现象便很多，势不能一一顺应；倘都顺应了，又违反了合理的生活，倒走了进化的路。所以根本方法，只有改良社会。

就实际上说，中国旧理想的家族关系父子关系之类，其实早已崩溃。这也非"于今为烈"，正是"在昔已然"。历来都竭力表彰"五世同堂"，便足见实际上同居的为难；拚命的劝孝，也足见事实上孝子的缺少。而其原因，便全在一意提倡虚伪道德，蔑视了真的人情。我们试一翻大族的家谱，便知道始迁祖宗，大抵是单身迁居，成家立业；一到聚族而居，家谱出版，却已在零落的中途了。况在将来，迷信破了，便没有哭竹，卧冰；医学发达了，也不必尝秽，割股。又因为经济关系，结婚不得不迟，生育因此也迟，或者子女才能自存，父母已经衰老，不及依赖他们供养，事实上也就是父母反尽了义务。世界潮流逼拶着，这样做的可以生存，不然的便都衰落；无非觉醒者多，加些人力，便危机可望较少就是了。

但既如上言，中国家庭，实际久已崩溃，并不如"圣人之徒"纸上的空谈，则何以至今依然如故，一无进步呢？这事很容易解答。第一，崩溃者自崩溃，纠缠者自纠缠，设立者又自设立；毫无戒心，也不想到改革，所以如故。第二，以前的家庭中间，本来常有勃谿，到了新名词流行之后，便都改称"革命"，然而其实也仍是讨嫖钱至于相骂，要赌本至于相打之类，与觉醒者的改革，截然两途。这一类自称"革命"的勃谿子弟，纯属旧式，待到自己有了子女，也决不解放；或者毫不管理，或者反要寻出《孝经》，勒令诵读，想他们"学于古训"，都做牺牲。这只能全归旧道德旧习惯旧方法负责,生物学的真理决不能妄任其咎。

既如上言,生物为要进化,应该继续生命,那便"不孝有三无后为大",三妻四妾,也极合理了。这事也很容易解答。人类因为无后,绝了将来的生命,虽然不幸,但若用不正当的方法手段,苟延生命而害及人群,便该比一人无后,尤其"不孝"。因为现在的社会,一夫一妻制最为合理,而多妻主义,实能使人群堕落。堕落近于退化,与继续生命的目的,恰恰完全相反。无后只是灭绝了自己,退化状态的有后,便会毁到他人。人类总有些为他人牺牲自己的精神,而况生物自发生以来,交互关联,一人的血统,大抵总与他人有多少关系,不会完全灭绝。所以生物学的真理,决非多妻主义的护符。

总而言之,觉醒的父母,完全应该是义务的,利他的,牺牲的,很不易做;而在中国尤不易做。中国觉醒的人,为想随顺长者解放幼者,便须一面清结旧账,一面开辟新路。就是开首所说的"自己背着因袭的重担,肩住了黑暗的闸门,放他们到宽阔光明的地方去;此后幸福的度日,合理的做人。"这是一件极伟大的要紧的事,也是一件极困苦艰难的事。

但世间又有一类长者，不但不肯解放子女，并且不准子女解放他们自己的子女；就是并要孙子曾孙都做无谓的牺牲。这也是一个问题；而我是愿意平和的人，所以对于这问题，现在不能解答。

（本文原载1919年11月《新青年》月刊第6卷第6号，收录入本书时作了删节）

作父亲

丰子恺

在这一片天真烂漫光明正大的春景中，向哪里容藏这样教导孩子的一个父亲呢？

楼窗下的弄里远地传来一片声音:"咿哟,咿哟……"渐近渐响起来。

一个孩子从算草簿中抬起头来,张大眼睛倾听一会,"小鸡!小鸡!"叫了起来。四个孩子同时放弃手中的笔,飞奔下楼,好像路上的一群麻雀听见了行人的脚步声而飞去一般。

我刚才扶起他们所带倒的凳子,拾起桌子上滚下去的铅笔,听见大门口一片呐喊:"买小鸡!买小鸡!"其中又混着哭声。连忙下楼一看,原来元草因为落伍而狂奔,在庭中跌了一交①,跌痛了膝盖不能再跑,恐怕小鸡被哥哥、姐姐们买完了轮不着他,所以激烈地哭着。

---

① 交:现在应为"跤"。——编者注

我扶了他走出大门口,看见一群孩子正向一个挑着一担"咿哟,咿哟"的人招呼,欢迎他走近来。元草立刻离开我,上前去加入团体,且跳且喊:"买小鸡!买小鸡!"泪珠跟了他的一跳一跳而从脸上滴到地上。

孩子们见我出来,大家回转身来包围了我。"买小鸡!买小鸡!"的喊声由命令的语气变成了请愿的语气,喊得比前更响了。他们仿佛想把这些音蓄入我的身体中,希望它们由我的口上开出来。独有元草直接拉住了担子的绳而狂喊。

我全无养小鸡的兴趣;而且想起了以后的种种麻烦,觉得可怕。但乡居寂寥,绝对屏除外来的诱惑而强迫一群孩子在看惯的几间屋子里隐居这一个星期日,似也有些残忍。且让这个"咿哟,咿哟"来打破门庭的岑寂,当作长闲的春昼的一种点缀吧。我就招呼挑担的,叫他把小鸡给我们看看。

他停下担子,揭开前面的一笼。"咿哟,咿哟"的声音忽然放大。但见一个细网的下面,蠕动着无数可爱的小鸡,好像许多活的雪球。五六个孩子蹲集在笼子的四周,一齐倾情地叫着"好来!好来!"一瞬间我的心也屏绝了思虑而没入在这些小动物的姿态的美中,体会了孩子们对于小鸡的热爱的心情。许多小手伸入笼中，竟指一只纯白的小鸡，有的几乎要隔网捉住它。挑担的忙把盖子无情地冒上，许多"咿哟，咿哟"的雪球和一群"好来，好来"的孩子就变成了咫尺天涯。孩子们怅望笼子的盖，依附在我的身边，有的伸手摸我的袋。我就向挑担的人说话：

"小鸡卖几钱一只？"

"一块洋钱四只。"

"这样小的，要卖二角半钱一只？可以便宜些否？"

"便宜勿得，二角半钱最少了。"

他说过，挑起担子就走。大的孩子脉脉含情地目送他，小的孩子拉住了我的衣襟而连叫"要买！要买！"挑担的越走得快，他们喊得越响。我摇手止住孩子们的喊声，再向挑担的问：

"一角半钱一只卖不卖？给你六角钱买四只吧！"

"没有还价！"

他并不停步，但略微旋转头来说了这一句话，就赶紧向前面跑。"咿哟，咿哟"的声音渐渐地远起来了。

元草的喊声就变成哭声。大的孩子锁着眉头不绝地探望挑担者的背影，又注视我的脸色。我用手掩住了元草的口，再向挑担人远远地招呼：

"二角大洋一只，卖了吧！"

"没有还价！"

他说过便昂然地向前进行，悠长地叫出一声"卖——小——鸡——！"其背影便在街口的转角上消失了。我这里只留着一个嚎啕大哭的孩子。

对门的大嫂子曾经从矮门上探头出来看过小鸡，这时候便拿着针线走出来，倚在门上，笑着劝慰哭的孩子，她说：

"不要哭！等一会儿还有担子挑来，我来叫你呢！"她又笑着向我说：

"这个卖小鸡的想做好生意。他看见小孩子们哭着要买，越是不肯让价了。昨天坍墙圈里买的一角洋钱一只，比刚才的还大一半呢！"

我同她略谈了几句，硬拉了哭着的孩子回进门来。别的孩子也懒洋洋地跟了进来。我原想为长闲的春昼找些点缀而走出门口来的，不料讨个没趣，扶了一个哭着的孩子而回进来。庭中柳树正在骀荡的春光中摇曳柔条，堂前的燕子正在安稳的新巢上低徊软语。我们这个刁巧的挑担者和痛哭的孩子，在这一片和平美丽的春景中很不调和啊!

关上大门,我一面为元草揩拭眼泪,一面对孩子们说:

"你们大家说'好来,好来','要买,要买',那人就不肯让价了!"

小的孩子听不懂我的话,继续抽噎着;大的孩子听了我的话若有所思。我继续抚慰他们:

"我们等一会再来买吧,隔壁大妈会喊我们的。但你们下次……"

我不说下去了。因为下面的话是"看见好的嘴上不可说好,想要的嘴上不可说要"。倘再进一步,就变成"看见好的嘴上应该说不好,想要的嘴上应该说不要"了。在这一片天真烂漫光明正大的春景中,向哪里容藏这样教导孩子的一个父亲呢?

(本文原载1933年7月1日《文学》杂志第1卷第1号)

文艺副产品——
孩子们的事情

老 舍

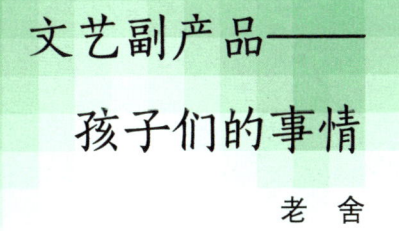

我对于教养小孩,
有个偏见——也许是"正"见:
六岁以前,不教给他们任何东西;
只劳累他们的身体,不劳累脑子。

自从去年秋天辞去了教职，就拿写稿子挣碗"粥"吃——"饭"是吃不上的。除了星期天和闹肚子的时候，天天总动动笔，多少不拘，反正得写点儿。于是，家庭里就充满了文艺空气，连小孩们都到时候懂得说："爸爸写字吧？"文艺产品并没能大量的生产，因为只有我这么一架机器，可是出了几样副产品，说说倒也有趣：

（一）自由故事。须具体的说来：

早九点，我拿起笔来。烟吸过三枝，笔还没落到纸上一回。小济（女，实岁数三岁半）过来检阅，见纸白如旧，就先笑一声，而后说："爸，怎么没有字呢？"

"待一会儿就有，多多的字！"

"啊！爸，说个故事？"

我不语。

"爸快说呀,爸!"她推我的肘,表示我即使不说,反正肘部动摇也写不了字。

这时候,小乙(男,实岁数一岁半,说话时一字成句,简当而有含蓄)来了,妈妈在后面跟着。

见生力军来到,小济的声势加旺:"快说呀!快说呀!"

我放下笔:"有那么一回呀——"

小乙:"回!"

小济:"你别说,爸说!"

爸:"有那么一回呀,一只大白兔——"

小乙:"兔兔!"

小济:"别——"

小乙撇嘴。

妈:"得,得,得,不哭!兔兔!"

小乙:"兔兔!"泪在眼中一转,不知转到哪里去了。

爸:"对了,有两只大白兔——"

小乙:"泡泡!"

妈:"小济,快,找小盆去!"

爸:"等等,小乙,先别撒!"随小济作快步走,床下椅下,分头找小盆,至为紧张,且喊且走,"小盆在哪儿?"只在此屋中,云深不知处,无论如何,找不到小盆。

妈曳小乙疾走如风,入厕,风暴渐息。

归位,小济未忘前事:"说呀!"

爸:"那什么,有三只大白兔——"等小乙答声,我好想主意。

小乙尿后,颇镇定,把手指放在口中。

妈:"不含手指,臭!"

小乙置之不理。

小济:"说那个小猪吃糕糕的,爸!"

小乙:"糕糕,吃!"他以为是到了吃点心的时候呢。

妈:"小猪吃糕糕,小乙不吃。"

爸说了小猪吃糕糕。说完,又拿起笔来。

小济:"白兔呢?"

颇成问题!小猪吃糕糕与白兔如何联到一处呢?

门外:"给点什么吃啵,太太!"

小济小乙齐声:"太太!"

全家摆开队伍,由爸代表,给要饭的送去铜子儿一枚。

故事告一段落。

这种故事无头无尾，变化万端，白兔不定几只，忽然转到小猪吃糕糕，若不是要饭的来解围，故事便当延续下去，谁也不晓得说到哪里去，故定名为"自由故事"。此种故事在有小孩子的家中非常方便好用，作者信口开河，随听者的启示与暗示而跌宕多姿。著者与听者打成一片，无隔膜抵触之处。其体裁既非童话，也非人话，乃一片行云流水，得天然之美，极当提倡。故事里毫无教训，而充分运用着作者与听者的想象，故甚可贵。

（二）新蝌蚪文：

在以前没有小孩的时候，我写坏了稿纸，便扔在字纸篓里。自从小济会拿铅笔，此项废纸乃有出路，统统归她收藏。

我越写不上来，她越闹哄得厉害：逼我说故事，劝我带她上街，要不然就吃一个苹果，"小济一半，爸一半！"我没有办法，只好把刚写上三五句不像话的纸送给她："看这张大纸，多么白！去，找笔来，你也写字，好不好？"赶上她心顺，她就找来铅笔头儿，搬来小板凳，以椅为桌，开始写字。

她已三岁半，可是一个字不识。我不主张早教孩子们认字。我对于教养小孩，有个偏见——也许是"正"

见：六岁以前，不教给他们任何东西；只劳累他们的身体，不劳累脑子。养得脸蛋儿红扑扑的，胳臂腿儿挺有劲，能蹦能闹，便是好孩子。过六岁，该受教育了，但仍不从严督促。他们有聪明，爱读书呢，好；没聪明而不爱读书呢，也好。反正有好身体才能活着，女的去作舞女，男的去拉洋车，大腿生活也就不错，不用着急。

这就可以想象到小济写的是什么字了：用铅笔一按，在格中按了个不小的黑点，然后往上或往下一拉，成个小蝌蚪。一个两个，一行两行，一次能写满半张纸。写完半张，她也照着爸的样子说："该歇歇了！"于是去找弟弟玩耍，忘了说故事与吃苹果等要求。我就安心写作一会儿。

（三）卡通演义：

因为有书，看惯了，所以孩子们也把书当作玩艺儿。玩别的玩腻了，便念书玩。小乙的办法是把书挡住眼，口中嘟嘟嘟嘟；小济的办法是找图画念，口中唱着：一个小人儿，一个小鸟儿，又一个小人儿……

俩孩子最喜爱的一本是朋友给我寄来的一本英国卡通册子，通体都是画儿，所以俩孩子争着看。他们看小人儿，大人可受了罪，他们教我给"说"呀。篇篇是讽刺画儿，我怎么"说"呢？急中生智，我顺口答音，见机而作，就景生情，把小人儿全联到一处，成为一完整而又变化很多的故事。

说完了，他们不记得，我也不记得；明天看，明天再编新词儿。英国的首相，在我们的故事里，叫作"大鼻子"；麦克唐纳是"大脑袋"，由小乙的建议呢，凡戴眼镜儿的都是"爸"——因为我戴眼镜儿。我们的故事总是很热闹，"大鼻子叼着烟袋锅，大脑袋张着嘴，没有烟袋，大鼻子不给他，大脑袋就生气，爸就来劝，得了，别生气……"

卡通演义比自由故事更有趣，因为照着图来说，总得设法就图造事，不能三只四只白兔的乱说。说的人既须费些思索，故事自然分外的动听，听者也就多加注意。现在，小乙不怕是把这本册子拿倒了，也能指出哪个是英国首相——"鼻！"歪打正着，这也许能帮助训练他们的观察能力；自然，没有这种好处，我们也都不在乎；反正我们的故事很热闹。

（四）改造杂志：

我们既能把卡通给孩子讲通了，那么，什么东西也不难改造了。我们每月固定的看《文学》，《中流》，《青年界》，《宇宙风》，《论语》，《西风》，《谈风》，《方舟》；除了《方舟》是定阅的，其余全是赠阅的。此外，我们还到小书铺里去"翻"各种刊物，看着题目好，就买回来。无论是什么刊物吧，都是先由孩子们看画儿，然后大人们念字。字，有时候把大人憋住，怎念怎念不明白。画，完全没有困难。普式庚①的像，罗丹的雕刻，苏联的木刻……我们都能设法讲解明白了。无论什么严重的事，只要有图，一到我们家里便变成笑话。所以我们时常感到应向各刊物的编辑道歉，可是又不便于道歉，因为我们到底是看了，而且给它们另找出一种意义来呀。

（五）新年特刊：

这是我们家中自造的刊物：用铜钉按在墙上，便是壁画；不往墙上钉呢，便是活页的杂志。用不着花印刷费，也不必征求稿件，只须全家把"画来——卖画"的卖年画的包围住，花上两三毛钱，便能五光十色的得到一大堆图画。小乙自己是胖小子，所以也爱胖小子，于是胖小子抱鱼——"富贵有余"——胖小子上树——摇钱树——便算是由他主编，自成一组。小济是主编故

---

① 普式庚：今译"普希金"。——编者注

事组:"小叭儿狗会擀面","小小子坐门墩","探亲相骂"……都由她收藏管理,或贴在她的床前。戏出儿和渔家乐什么的算作爸与妈的,妈担任说明画上的事情,爸担任照着戏出儿整本的唱戏,文武昆乱,生末净旦丑,一概不挡,烦唱哪出就唱哪出。这一批年画儿能教全家有的说,有的看,有的唱,热闹好几个月。

地上也是,墙上也是,都彩色鲜明,百读不厌。我们这个特刊是文艺、图画、戏剧、歌唱的综合;是国货艺术与民间艺术的拥护,是大人与小孩的共同恩物。看完这个特刊,再看别的杂志,我们觉得还是我们自家的东西应属第一。

好啦,就说到此处为止吧。

(本文原载1937年5月1日《宇宙风》第40期)

多年父子成兄弟

汪曾祺

儿女是属于他们自己的。
他们的现在,
和他们的未来,
都应由他们自己来设计。

这是我父亲的一句名言。

父亲是个绝顶聪明的人。他是画家，会刻图章，画写意花卉。图章初宗浙派，中年后治汉印。他会摆弄各种乐器，弹琵琶，拉胡琴，笙箫管笛，无一不通。他认为乐器中最难的其实是胡琴，看起来简单，只有两根弦，但是变化很多，两手都要有功夫。他拉的是老派胡琴，弓子硬，松香滴得很厚——现在拉胡琴的松香都只滴了薄薄的一层。他的胡琴音色刚亮。胡琴码子都是他自己刻的，他认为买来的不中使。他养蟋蟀，养金铃子。他养过花。他养的一盆素心兰在我母亲病故那年死了，从此他就不再养花。我母亲死后，他亲手给她做了几箱子冥衣——我们那里有烧冥衣的风俗。按照母亲生前的喜好，选购了各种花素色纸作衣料，单夹皮棉，四时不缺。他做的皮衣能分得出小麦穗羊羔、灰鼠、狐肷。

父亲是个很随和的人，我很少见他发过脾气，对待子女，从无疾言厉色。他爱孩子，喜欢孩子，爱跟孩子玩，带着孩子玩。我的姑妈称他为"孩子头"。春天，不到清明，他领一群孩子到麦田里放风筝。放的是他自己糊的蜈蚣（我们那里叫"百脚"），是用染了色的绢糊的。放风筝的线是胡琴的老弦。老弦结实而轻，这样风筝可笔直的飞上去，没有"肚儿"。用胡琴弦放风筝，我还未见过第二人。清明节前，小麦还没有"起身"，是不怕践踏的，而且越踏会越长得旺。孩子们在屋里闷了一冬天，在春天的田野里奔跑跳跃，身心都极其畅快。他用钻石刀把玻璃裁成不同形状的小块，再一块一块逗拢，接缝处用胶水粘牢，做成小桥、小亭子、八角玲珑水晶球。桥、亭、球是中空的，里面养了金铃子。从外面可以看到金铃子在里面自在爬行，振翅鸣叫。他会做各种灯。用浅绿透明的"鱼鳞纸"扎了一只纺织娘，栩栩如生。用西洋红染了色，上深下浅，通草做花瓣，做了一个重瓣荷花灯，真是美极了。用小西瓜（这是拉秧的小瓜，因其小，不中吃，叫做"打瓜"或"笃瓜"）

上开小口挖净瓜瓤,在瓜皮上雕镂出极细的花纹,做成西瓜灯。我们在这些灯里点了蜡烛,穿街过巷,邻居的孩子都跟过来看,非常羡慕。

父亲对我的学业是关心的,但不强求。我小时了了,国文成绩一直是全班第一。我的作文,时得佳评,他就拿出去到处给人看。我的数学不好,他也不责怪,只要能及格,就行了。他画画,我小时也喜欢画画,但他从不指点我。他画画时,我在旁边看。其余时间由我自己乱翻画谱,瞎抹。我对写意花卉那时还不太会欣赏,只是画一些鲜艳的大桃子,或者我从来没有见过的瀑布。我小时字写得不错,他倒是给我出过一点主意。在我写过一阵"圭峰碑"和"多宝塔"以后,他建议我写写"张猛龙"。这建议是很好的,到现在我写的字还有"张猛龙"的影响。我初中时爱唱戏,唱青衣,我的嗓子很好,高亮甜润。在家里,他拉胡琴,我唱。我的同学有几个能唱戏的。学校开同乐会,他应我的邀请,到学校去伴奏。几个同学都只是清唱。有一个姓费的同学借到一顶纱帽,一件蓝官衣,扮起来唱《硃砂井》,但是没有配角,没有衙役,没有犯人,只是一个赵廉,摇着马鞭在台上走了两圈,唱了一段"郿坞县在马上心神不定",便完事下场。父亲那么大的人陪着几个孩子玩了一下午,还挺高兴。我十七岁初恋,暑假里,在家写情书,他在一旁瞎出主意!我十几岁就学会了抽烟喝酒。他喝酒,给我也倒一杯。抽烟,一次抽出两根,他一根,我一根。他还总是先给我点上火。我们的这种关系,他人或以为怪。父亲说:"我们是多年父子成兄弟。"

我和儿子的关系也是不错的。我戴了"右派分子"的帽子下放张家口农村劳动,他那时还从幼儿园刚毕业,刚刚学会汉语拼音,用汉语拼音给我写了第一封信。我也只好赶紧学会汉语拼音,好给他写回信。"文化大革命"期间,我被打成"黑帮",关进"牛棚"。偶尔回家,孩子们对我还是很亲热。我的老伴告诫他们"你们要和爸爸'划清界限'",儿子反问母亲:"那你怎么还给他打酒?"只有一件事,两代之间,曾有分歧。他下放山西忻县"插队落户"。按规定,春节可以回京探亲,我们等着他回来。不料他同时带回了一个同学。他的这个同学的父亲是一位正受林彪迫害,搞得人囚家破的空军将领。这个同学在北京已经没有家,按照大队的规定是不能回北京的,但是这孩子很想回北京,在一伙同学的秘密帮助下,我的儿子就偷偷地把他带回来了。他连"临时户口"也不能上，是个"黑人"，我们留他在家住，等于"窝藏"了他。公安局随时可以来查户口，街道办事处的大妈也可能举报。当时人人自危，自顾不暇，儿子惹了这么一个麻烦，使我们非常为难。我和老伴把他叫到我们的卧室，对他的冒失行为表示很不满。我责备他："怎么事前也不和我们商量一下！"我的儿子哭了，哭得很委屈，很伤心。我们当时立刻明白了：他是对的，我们是错的。我们这种怕担干系的思想是庸俗的，我们对儿子和同学之间义气缺乏理解，对他的感情不够尊重。他的同学在我们家一直住了四十多天，才离去。

对儿子的几次恋爱，我采取的态度是"闻而不问"。了解，但不干涉。我们相信他自己的选择，他的决定。最后，他悄悄和一个小学时期女同学好上了，结了婚。有了一个女儿，已近七岁。

我的孩子有时叫我"爸"，有时叫我"老头子"！连我的孙女也跟着叫。我的亲家母说这孩子"没大没小"。我觉得一个现代的，充满人情味的家庭，首先必须做到"没大没小"。父母叫人敬畏，儿女"笔管条直"，最没有意思。

儿女是属于他们自己的。他们的现在，和他们的未来，都应由他们自己来设计。一个想用自己理想的模式塑造自己的孩子的父亲是愚蠢的，而且，可恶！另外，作为一个父亲，应该尽量保持一点童心。

（本文原载1991年《福建文学》第1期）

看儿子慢慢长大

刘心武

爱自己的子女,特别是做父亲的,
也如母亲般的乐于抱着他,
把他拥在怀中,亲吻他的脸蛋,
抚摸他裸露的皮肤和头发,
挠他的胳肢窝而逗他欢笑……
是非常、非常重要的人生责任和人生乐趣啊!

我爱我的儿子。

儿子从小戴着眼镜，初次到我家做客的人见了总不免要问："近视眼吗？多少度？"

总做出如下的回答："不是近视，是远视，很难矫正哩！"

其实，更准确地说，应是左眼有内斜的毛病，因内斜而远视，由于久经矫正而收效甚微，现在已成弱视。一直说实在矫正不过来就去同仁医院动手术，但那只有美容的意义，左眼可不再略显偏斜，却无法改变弱视，甚至还会导致近盲效应，所以，至今也就还没有去动手术。

儿子的左眼为何斜？是先天的，还是后天的？若说先天的，他两岁以前，我们只觉得他一对黝黑的瞳仁葡萄珠般美丽，从未感到左眼略向内偏。若说后天的，可回忆出两岁多刚会唤人时，在邻居中一位鲁莽的小伙子——他当时尚未成婚，却极喜欢小娃娃——抱到他家去玩耍，后忽然听到儿子大哭，随即他抱着儿子来我家连连道歉——没抱稳的情况下，儿子一下子摔向了他家饭桌，正好磕着了眉骨，且幸没有伤着眼珠，当时心中大为不快。但人家绝非故意，而看去也确乎只是左眉棱起，红肿一块，眼珠依然黑白分明，只觉得是"不幸中之万幸"，便敷上一些药膏，渐渐也就平复。但后来又过了不知多久，忽觉儿子左眼球内斜起来！

那绝无恶意的邻居莽小伙儿，怕就是导致儿子左眼出现问题的祸首吧？不过后来医院里医生细细检查之后，却又说很难断定是后天摔碰所致，有的先天缺陷，是要到孩子渐大以后，才由隐而显的——于是，后来我就对妻说："你也这样想好了，都是我那精子里潜伏的遗传密码，导致了这一后果。"她颇不以为然，我却从这一自我定性中，获得了很大的心理满足。我满足于：儿子毕竟是我这一个体生命的延续，我愿我生命中的种种优势遗传给他，我也承认我必有显性或隐性的弱点乃至劣势，延续到了他的个体生命之中，我坦然地承担我对他先天素质的全部责任。同时,我相信就如同我从不怨责我的父母给我遗传着某些弊病似的,儿子将来也不会怨责我没有把他生成得更完美,更具有在这人世上的生存竞争优势。

我从没觉得儿子如何超常的可爱,超群的聪明,然而不管怎么样,他是我的——我的亲子。

因为我有浓酽的父爱,我常常把他抱在怀中,除了亲吻他那结实的脸蛋,又总不住地摩挲他的头发,他的胳膊和小手,双腿和脚丫,脊背和肚皮……

十几年以后,儿子长成一个大小伙子了,当年邻居中他的一位同龄人,也长成一个大小伙子了,那小伙子有一天到我家新住处来玩时,对我这样说:"刘叔叔,我真羡慕他——"他说着指着儿子:"您从小就总抚摸着他,我小时候可没人抚摸过我,稍大点以后,我渐渐懂事了,看见您把他揽在怀里,轻轻抚摸,心里就痒痒。到后来,再看见这种情形,我就浑身的皮肤,全都麻躁起来!"啊,他所说的,即"皮肤饥渴症",他生母早逝,生父娶了后妻之后,两人都对他非常不好,尤其是后母又生下个弟弟后,他简直就成了"多余的角色"。

当然还没有发展到打骂或不管温饱的虐待程度,但从未给予他轻抚柔摩的父爱和母爱，令他成人后回忆起来，再加对比时，铭心刻骨地感到哀痛的！

爱自己的子女，特别是做父亲的，也如母亲般的乐于抱着他，把他拥在怀中，亲吻他的脸蛋，抚摸他裸露的皮肤和头发，挠他的胳肢窝而逗他欢笑……是非常、非常重要的人生责任和人生乐趣啊！从某种意义上来说，使子女温饱，教他们知识，予他们训诫，驱他们读书劳作……都还不足以体现出父母对他们的亲子之爱。轻轻地抚摸他们吧，给他们以温柔的摩挚吧，这应是他们童年乃至少年时代最重要的身心滋补剂，这也应是初为人父人母的你我所能享受到的最大快乐之一！

爱幼子，同爱一切新生的、幼小的生命、事物的心态，是相通的。

即使是狮虎狼豹那样的猛兽，其幼兽只令我们觉得活泼生动，绝不致产生恐惧之感。

即使是犀牛、河马那样的丑兽，只要一缩小为稚嫩的小兽，乃至缩小为仿制的玩偶，我们也就消除了丑感而生出欣赏之心。

甚至小鳄鱼也有种娇媚之态，刚从破裂的蛋壳里爬出来的小蛇也有种令人怜惜的憨相。更不用说幼小的孩子，无论黑、白、黄哪种肤色的，也无论他们的眉眼如何，只要显现着一派稚嫩的情态，我们就忍不住心生爱意，想去摩摩他们的头发，拉拉他们的小手，乃至吻吻他们的脸蛋……

不能爱好幼小的生命，起码是一种病态的心理。生命的历程有其两端，我们中华民族传统上一贯崇尚尊老，这其中有着值得永远发扬的精华，然而我们的文化传统中确也有过流传甚广的"二十四孝"，有过褒扬"郭巨埋儿"那种古怪做法的文字。

生命的两端本来都值得格外重视。爱幼与尊老本应成为相辅相成的旺健民族的生命力的驱动轴，然而"郭巨埋儿"那样的故事偏把新生命与老生命人为地对立起来。对立的结果，是肯定了老生命的无比崇高的价值，而主张以鲜活的新生命的彻底牺牲，来成全老生命的有限延缓——早在半个多世纪以前，先贤鲁迅先生提及此"孝行"时，便愤懑地发誓，要用世界上最黑最黑的咒语来诅咒"郭巨埋儿"一类的文化心态，那真是传统文化中地地道道的糟粕！

小说家钟阿城在一篇纪念其父钟惦棐的文章中所忆说，他18岁那年，父亲坐到他对面，郑重地对他说："阿城，我们从此是朋友了！"我不记得我父亲是从哪一天里哪一句话开始把我当作平辈朋友的，但"成年父子如兄弟"的人生感受，在我也如钟阿城一般浓酽。记得在"文化大革命"最混乱的岁月里，父亲所任教的那所军事院校武斗炽烈，他只好带着母亲弃家逃到我姐姐姐夫家暂住。我那时尚未成家，只是不时地从单位里跑去看望父母。有一天只有我和父亲独处时，父亲就同我谈起了他朦胧的初恋，那种绵绵倾吐和絮絮交谈，完全是成人式的，如兄弟，更似朋友。

几十年前，父亲还是个翩翩少年郎时，上学放学总要从湖畔走过，临湖的一座房屋，有着一扇矮窗。白天，罩在窗外的遮板向上撑起，晚上，遮板放下，密密掩住全窗。经过得多了，便发现白天那扇玻璃不能推移的窗内，有一娟秀的少女，紧抿着嘴唇，默默地朝外张望。父亲自同她对过一次眼后，便总感觉她是在忧郁地朝他投去渴慕的目光，后来父亲每次走过那扇窗前时，便放慢脚步，而窗内的少女，也便几乎把脸贴到玻璃之上。渐渐地，父亲发现，那少女每看到他时，脸上便现出一个淡淡的，然而蜜酿般的微笑。有一回，更把一件刺绣出的东西，向父亲得意地展示……父亲呢，每当再走近那扇矮窗时，也不禁嗓子发涩、心跳急促起来……后来呢？父亲没有再详细向我讲述，只交代：后来听说那家的那位少女患有"女儿痨"，并且不久后便去世了。那扇临湖的窗呢？据父亲的印象，是永远罩上了木遮板，连白天也不再撑起——我怀疑那是父亲心灵上的一种回避，而非真实。也许，父亲从此便不再从那窗前走过，而改换了别的行路取向……

对父亲朦胧的初恋，我做儿子的怎能加以评说！然而我很感念父亲，在那"文攻武卫"闹得乱麻麻的世道中，觅一个小小的空隙，向我倾吐这隐秘的情愫，以平衡他那受创后偏斜的灵魂！

也许，就从那天起，我同父亲成了挚友。

如今父亲已仙逝多年，我自己的儿子也已成人，当我同儿子对坐时，我和他都感到我们的关系已进入一个新的阶段——他不再需求我的物理性爱抚，我也不再需求他的童稚气嬉闹，我们开始娓娓谈心……

这是更高层次的人生享受。

（本文选自《我是刘心武》，天津人民出版社2006年8月出版）

为人父母

王开林

聪明的父母应该给孩子提供足够的上升空间，
鼓励他去寻梦，去闯荡，去打拼，
去勇敢地经历他们理应经历的一切。

做父母不容易。有些父母教育子女极严,八诫十诫仍嫌少,"二十二条军规"也拿得出,然而言传身教双双失策。如果父母希望孩子品行端正,自己就要做出良好的表率才行。一则古代笑话可为借鉴:某老爷用孔孟之道教子,仁义礼智信,无一字无来处,但少爷满腹狐疑,因为老爷平日的所作所为与这五个字对不上卯榫。某日,少爷在书房外窥听到老爷给得意门生传授极品心经,说什么要升官发财,永保富贵,就得首先铲除心中的"五贼"。门生问"五贼"是哪些角色,老爷笑道:"五贼就是仁义礼智信!"少爷窥听此言,如醍醐灌顶。此后,他还会引"贼"入室吗?

从古至今，不少富二代、官二代难上正路，多半与父母的身教不当大有干系。

人是环境的产物，在不同的环境中，孩子结交的朋友、养成的习惯和学会的技能差异很大。我认识一位当代孟母，她从普通居民区搬入高尚住宅区，为此背负沉重的房贷，但她甘苦如饴。看到自己的孩子进重点中学，与一些富家子弟、官家子弟同出入，玩有好伴，学有好样，她感到十分欣慰。然而这位当代孟母的愿景最终落了空。由于她业余兼职，无暇顾及家庭教育，孩子在高尚住宅区还是交到了损友，养成了恶习。这个故事说明：太阳下必有阴影，好环境中也有暗面，过分迷信周边环境，疏忽家庭教育，很可能事与愿违。

有些父母不肯放过任何赚钱的机会，成天奔波应酬，抽不出时间与自己的孩子谈谈心，说说事，打打球。在教育投资方面，这些"甩手掌柜"倒是毫不吝啬。调查结果显示，高收入家庭不惜工本，他们的孩子多半都有课外爱好，音乐、绘画、书法、围棋，也多半请过老师为孩子补习功课。做到这一步，父母多半宽了心，但结果是，好学上进的孩子仍为少数。究其原因，在孩子的心目中，父母的角色无人可以取代，父母的地位也没人能够僭越，父母的言传身教具有权威的示范作用，谁也无法越俎代庖。倘若父母只用钱不用心，孩子就会觉得自己好学上进纯粹是为了使投资者获得回报，抵触情绪自然就会与日俱增。

孩子不好学，不上进，父母的对策通常是以利相诱，满以为重赏之下必有勇夫，可孩子的学习成绩仍旧毫无起色。原因很简单，孩子觉得自己平日该花的钱父母还得花，何必辛辛苦苦去挣这笔奖金？再说，他拿到奖金后，父母肯定担心他用钱不当，会将他盯得更紧，不许他玩电游、去迪厅、交损友，他有了钱反而没了自由，真叫得不偿失。

悬赏方式可以更艺术一些，比如说，父母要激励孩子好学上进，可以用假期旅游的机会作为奖励，去桂林、丽江、张家界或别的名胜景区，随他挑，由父母陪同，这样的奖励会让孩子觉得父母与他是同一条战壕里的战友。父母陪孩子游览名山大川，亲近自然，开阔眼界，增长见闻，有百利无一害。孩子得到应有的呵护，也不会交损友，做傻事。

但切记，奖励不可滥用，如果孩子洗几个饭碗父母都得掏钱付费，就会使孩子变成财迷，把事事看成交易，心眼小过钱眼。

几年前，我读《宋氏三姐妹》，印象很深。宋嘉树蔑视男尊女卑的世俗偏见，以斯巴达精神砥砺三个女儿，有意将她们培养成公民而非公主。宋氏三姐妹自始就解放了手脚和心灵，像男孩子一样玩勇敢者的游戏，甚至在野外淋雨，"沐于大麓，烈风雷雨而不迷"。1904年，宋嘉树送刚满十四岁的大女儿蔼龄去美国，就读威斯里安女子学院，当时，这是破天荒的举动。三年后，他又送十四岁的庆龄和九岁的美龄去大洋彼岸，并不因为她们年纪小而有任何顾虑。三姐妹接受的教育，使她们的学识、眼界和心气远远高出同时代的女子，为她们日后的辉煌人生打下了坚实的基础。

如今，有些父母读了《宋氏三姐妹》，内心也会产生类似的冲动，希望孩子到国外去深造，可又怕他吃不了苦，受不了累，更担心放飞的风筝迟早断线。父母羁绊子女的翅膀而又希望他们高飞，岂不是自相矛盾吗？聪明的父母应该给孩子提供足够的上升空间，鼓励他去寻梦，去闯荡，去打拼，去勇敢地经历他们理应经历的一切。老鹰鼓励雏鹰试探蓝天，教它们不怕闪失和摔跌,不惜付出成长的代价,为人父母,也应该如此"狠心"才对。

(本文原载2013年8月2日《渤海早报》)

飞来飞去的鸟巢

张丽钧

让鸟儿练就一双迎击风雨的翅膀，让鸟儿生出展翅云端的心志，这才是鸟儿一生享用不尽的福祉。

接到一个陌生电话，劈头就问："你家的房子出租吗？"我说："不出租。"她又问："那你家房子出售吗？"我说："不出售。"想不到她居然接着问："那你知道你们那栋楼房有谁家的房子出租、出售吗？"我没有回答她，而是试探着问："你是想给读××高中的学生租房、买房吧？"她作出了肯定的回答。

因为与这所省重点高中比邻，周边房子的房价、租金逆势上涨。我认识一对父母，孩子读了三年高中，父母就在我们这栋楼租住了三年。我总在心里问自己：这样寸步不离的陪伴，究竟是为了满足孩子的心理需求，还是为了满足父母的心理需求？

你以为孩子高中毕业父母的"陪读使命"就完成了

吗？你错了。让我们来听听一个大学生的心声："从小到大一直在父母的唠叨、斥责中生活。我之所以报考外地大学，就是想脱离父母的束缚和庇护，过自由自在的大学生活，没想到妈妈非要来陪读，我大概永无出头之日了，想起来真够恐怖的。"

就算孩子到国外去读研、读博，也有伟大的中国母亲不远万里追将过去。我儿子在英国读博期间就"瞻仰"过这种令人发指的母爱，并且，他还荣幸地品尝过那位慈母为她的宝贝儿子包的五彩水饺。

孩子在异地工作之后就可摆脱父母"纠缠"了吧？那可难说。有位慈父曾对我说："什么叫落叶归根？就是做父母的这叶子枯黄了之后，自然落到儿女的根上。"按照这样的理论，孩子纵然飞到天边，父母也必定追到天边。

小鸟被孵出之后，要长大，要练飞，要拥有辽阔的天空。你能够想象吗——老鸟因为热爱小鸟，所以，小鸟飞到哪里，老鸟就把巢搬到哪里。生怕小鸟遭到冻馁之苦，生怕小鸟遇到不测之灾，所以，老鸟不辞辛苦，为小鸟提供一个移动的家。

总听有专家指责当今孩子"精神断乳期"来得太迟。

其实，分析一下我们就不难发现，是父母对儿女的"婴幼儿延迟期待"心理，扼杀了孩子的精神成长。

我校高中新生入学的时候，保安在门口拦住欲要亲自将孩子送到宿舍的家长——有学哥学姐帮着提行李，用不着父母操心。但是，年年都有父母跟保安发生冲突；也有父母掏出"记者证""警察证"等证件，冒充执行公务混进学校；更多的父母站在门外向越走越远的宝贝挥手、哭喊，仿佛影视片中的生离死别……对多数父母而言，宝贝就这一个，顶在头上怕歪了，含在嘴里怕化了，要星星不给月亮，要"苹果"不给"三星"。孩子，几乎变成了父母全部的精神寄托，所以他们才会把孩子搂得过紧。父母对孩子的死缠烂打，与其说是在满足孩子的心理需求，不如说是在满足父母的心理需求。

被超量的爱喂大的孩子不可能精神健康。他们被父母以各种美妙的借口过分地保护起来，他们被一个飞来飞去的巢追得越来越沮丧、越来越平庸。他们错失了困窘的机缘、跌倒的机缘、流泪的机缘、流血的机缘、重生的机缘……

愿天下父母都能明白——没有任何一个鸟巢可以成

为鸟儿永久的避难所。让鸟儿练就一双迎击风雨的翅膀,让鸟儿生出展翅云端的心志,这才是鸟儿一生享用不尽的福祉。

(本文选自《花香拦路:张丽钧自选集》,甘肃人民出版社2021年7月出版)

PART 3
殷切的叮咛

人生本是没穷尽没终点
的马拉松赛跑，
你的路程还长得很呢

怎样的涵养品格和磨练智慧

梁启超

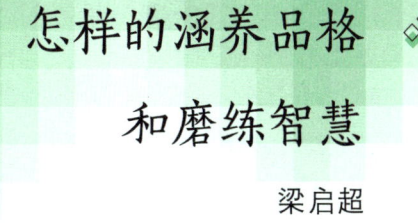

在我们青年品格未固定、可善可恶的时候，
须得早早下点涵养功夫，
把根基打好，
将来到社会里才能不屈不挠，
立得住脚。

校长，诸君，我今年所担任的演讲，缺课太多，实在对不起诸君。讲起道德，我自己就首先惭愧。不过这是因家庭间事所牵，无可如何，诸君当能见谅。

今晚所讲的是怎样的涵养品格和磨练智慧，一方面是属于德育，一方面是属于智育。

但有一句话我要首先申明的，无论讲德育、智育，我绝不相信有独步单方。我相信"头头是道"，"同归殊涂①"，不能呆板的固执一偏之见。古今中外名人所讲，都不过是许多路中照一条路。我现在不过把我自己所认为很好的路，自己所曾走过的路，贡献给诸君。

近年以来，青年品格之低降实在是不可掩的事实。

---

① 同归殊涂：即为"同归殊途"。——编者注

其最大的原因，就是经济的压迫。现在世界各国，都感觉经济的困难，而中国为尤甚。全国人好像困在久旱的池塘中的鱼，大家在里面争水吃。现在如此，将来恐怕更要利害。人们不能不生存，因为要生存，就会顾不得品格了。大部分青年——尤其是在清华的青年，受着父母的庇荫，现在尚未感觉到这种困难。不过此境不可长久，将来这种狂风暴雨，诸君终有身当其冲之一日，到时便知此中的危险了。

但是，许多还未身当这种压迫之冲的青年，早已经变坏了！他们虽是学生，已俨然变成小政客，日夜钩心斗角，求占人家的便宜，出不正当的风头。这种现象，从前已有之，近日为甚。盖自"五四运动"以后，青年的精神，一方面大为振作，一方面也就发生弊端。其重要的原因，由于政界的恶浊空气传染进教育界去了。没廉耻的教育家，往往拿金钱去买弄学生。一般青年，虽无引诱，已难保不堕落。何况教育当局，处在师长地位的，竟从中利用，"以身作则"，其结果那堪设想呢？

像诸君在清华，社会坏习气尚未十分侵入，经济的压迫也不厉害，所以空气较为干净，品格尚能保持至相当的程度。但在此时若不把品格的根底打好，将来一到恶浊的社会里，也就危险了。

唉！我看二十年来的青年，一批一批的堕落下去，真正痛心得狠！从前一班慷慨激昂满腔热血的青年，一到社会里去，不几年，因为受不起风波，便志气消失，渐渐的由失意而堕落。在他一方面，有些碰到好机会的，便志得意满，但没些时受了社会恶浊的同化，生平的志气，和从前的学识渐渐的不知消归何所了。近年来的青年，好像海潮一般，一波一波的往下底降。正如苏东坡所谓，大江东去浪声沉，多少英雄豪杰，雨散灰飞。若长是如此，中国前途，真不堪设想了。所以在我们青年品格未固定、可善可恶的时候，须得早早下点涵养功夫，把根基打好，将来到社会里才能不屈不挠，立得住脚。

涵养的方法是怎样呢？我以为必须注意下列各点：

（一）有精到的技能；

（二）有高傲的志气；

（三）有真挚的信仰；

（四）有浓深的兴趣。

第（一）项，可以说是完全属于物质方面。因为生在现在的社会，非有精到的本事，不能维持生活。生活不能维持，还讲什么道德？孔子说："饭疏食饮水，曲肱而枕之，乐亦在其中矣。"这话诚然不错，不过也要有"疏食"可"饭"，有水可饮，才能"乐在其中"。"贤哉回也！一箪食，一瓢饮，在陋巷，人不堪其忧，回也不改其乐。贤哉回也！"这话诚然不错，不过也要有"箪食""瓢饮""陋巷"，才能"不改其乐"。所以总要有维持最低限度生活的技能，才可以维持人格。况且现在的经济状况和从前不同，例如"一瓢饮"，从前是"昏夜叩人之门户，……无不与者"；现在北京城里是用自来水，倘使孔子、颜子住在今日北京城，没有钱买自来水，便不能生活。可见许多从前不用劳力可得的，现在却不能了。又如诸葛亮、陶潜，都是躬耕自给的，但是假使他们生在现代，要想耕田，也非有金钱买田不行。可见许多从前只要用劳力便可得到的东西，现在却不能了。所以，必有可以换得金钱的精到技能，才能维持生活。

外国是有产阶级与无产阶级对抗，而中国是有业阶级与无业阶级对抗。我记得从前上海有一个身穿洋服，手持士的[①]的"先生"，坐着人力车去高昌庙、龙华寺，半路频拿士的击车夫，说："快的走！不要误我的事！"

[①] 士的：英语 stick 的音译，即手杖。——编者注

问他什么事,他说,他现在正赶时候到那里讨论劳动问题!现在中国所谓大总统、大元帅、巡阅使、总司令、督军、省长……固然是无业游民,而骂他们、反对他们最激烈的,也何尝不是无业游民?拿枪乱杀的,固然是无业游民,而高唱裁兵的,又哪一个不是无业游民?中国所以闹到这样糟,都是为此。

这些话谁也知道,而且谁也不愿意做无业游民。但因为没有技能,或有技能而不精到,找不到事做,结果便流为游民。所以我说精到的技能,"精到"二字,应该特别注意。有了精到的技能,要找相当职业,固然现在比从前难些。在欧美各国,许多人虽有相当的技能还找不到职业;但是在中国,只要你有精到的技能,若说找不到职业,我绝不相信。有人说:"技能何尝靠得住?你看:某人也做总统了,某人也做总长了,某人某人也做督军、省长……了!他们何尝有些技能?"这些事实,诚然有之,但凭借机会而居上位,不过是少数的例外,社会上最后的公道,总是有的。现在中国社会对于人才的需要甚紧迫,外国回来的学生,虽一天比一天多,而能供给社会需求的还少,因为他们大半是不懂国情。我刚才和人谈天,说起某人大倡小学改革,而他的改革是根据美国某埠的。像这种人，于中国情形全不了解，谁还找他办事？又如有许多在外国学经济的人，对于本国经济状况反不十分熟悉。虽然中国银行界需人才，他们怎能办得了呢？所以我觉得找不到职业的，有十分之七八是自己对不起社会；社会对不起自己的，总是极少数的例外。如果真正有精到的本事，人人且争着要找他，更不愁找不到职业。例如学做茶碗，倘若你能做得真真价廉物美，谁也争着要买你的。例如北京城里几位有真学问的教授，倘若他们肯他就，处处学校都要争着请他们。又例音乐界的萧友梅，倘若他肯出马，什么音乐会也少不了他。所以在目前只怕自己没有真本领，有真本领而会饿死的我真不相信。诸君无论学哪一门学问，总要学到精绝，学到到家，维持生活是绝对不成问题的。

有技能可以维持生活，不致因被经济压迫而堕落，然后才可以讲得到人格。

讲到涵养品格，第一要养成高傲的志气。倘若没有高傲的志气，见了别人住一百块钱一个月的房子，自己住五十块钱一个月的，比不上他，便羡慕他，要学他；见了别人坐汽车、马车，自己坐人力车，比不上他，便羡慕他，要学他。因为羡慕他，要学他，于是连人格都不顾。大多数人品格之堕落皆由于此——由于物质生活之提高。

孟子说:"堂高数仞,榱题数尺,我得志,不为也;食前方丈,侍妾数百人,我得志,不为也;般乐饮酒,驱骋田猎,后车千乘,我得志,不为也。"有了这种高傲的志气,自己有自己的做人方法,"在彼者皆我所不为",便不会因羡慕他人物质的享用而移其志。孟子尝称道狂狷说:"不得中道而与之,必也狂狷!狂者进取,狷者有所不为。"狷者"不屑不洁"。能如是,自然可以养成高傲的志气。所以我讲道德,不主张消极的节制,而主张积极的提高,放大与扩充。像庄子所说,"背若泰山,翼若垂天之云,抟扶摇羊角而上者九万里,去以六月息"的大鹏,决不屑和斥鷃争一粒粟,因为他们度量大小不同之故。许多人决不会见一个铜子而动心,决不会因一个铜子而杀人放火;但是一块钱,十块钱,一千块钱,一万块钱……就不同了!

你看因十块钱的津贴而变节的学生,真不知多少!孟子"鱼我所欲"章说得好:"一箪食,一豆羹,得之则生,弗得则死。嘑尔而与之,行道之人弗受;蹴尔而与之,乞人不屑也。万钟则不辨礼义而受之,万钟于我何加焉？为宫室之美，妻妾之奉，所识穷乏者得我与？"一个铜子和一万块钱，一箪食、一豆羹和万钟，实在有什么分别？无论为大为少，而把自己人格卖掉，都是睬不起自己。所以孟子批评他道："是亦不可以已，此之谓失其本心。"我们要把志气提高，把度量放大，不为一铜子的奴隶，也不为一万块钱的奴隶，更不为宫室之美，妻妾之奉，所识穷乏者得我，而卖掉自己的人格。于物质之奉，如鹪鹩巢于深林，不过一枝；鼹鼠饮河，不过满腹。此外世人以为狠①快乐，狠荣耀的东西，我看他如大鹏之看斥鷃的一粒粟一样，那么，品格就高尚了。

还有一层，志气高傲，才可以安处风波，不怕逆境。人生不能不碰风波，捱得过风波，便到坦途。终身在风波中的狠少，许多人因为志气太小，当不住风波，便堕落下去。人生之能否成功，全看其能否捱得风浪。譬如航行一千里的水程，中途遇着风浪便不敢进，那就永无登彼岸之希望。有了高傲的志气，不为困难所挠，打破了难关，以后便一帆风顺了。

所以我们用不着战战兢兢地去防备堕落，只要提高志气，"先立乎其大者，则其小者不能夺"了。

---

① 狠：相当于"很"。——编者注

高傲的志气，青年人多有之，不过多因为操持不坚，后来日渐消磨至尽。且光有志气，尚恐怕有客气之病，故必须济之以真挚的信仰。

所谓信仰，不单指宗教，凡政治家信仰某种主义，文学家信仰他的优美的境界，以及凡信仰某种主张见解，都是信仰。总而言之，信仰者，就是除开现在以外，相信还有未来远大的境界。有了信仰，拿现在做将来的预备，无论现在怎样感觉痛苦，总以为所信的主义，将来有无限光明。耶苏①为什么死在十字架而不悔？因为他相信他的流血可以超救众生。一个人若有信仰，不独不肯作卑污苟且的事，且可以忘却目前恶浊的境界，而别有一种安慰；于目前一切痛苦、困难，都不觉得失望，不发生惧怕，所以我希望青年们总要有一种真挚的信仰。

人们在空间和时间中的活动能力很小，无论如何，一切现实活动，总为时间、空间所限。但是理想则不然，无论什么地方，什么时间，我们的理想都可以达到。所以信仰是可以打破时间和空间的束缚的。人若没有信仰，只知目前现世，那么，生活就未免太干燥无味了。

最后讲到趣味的生活，这可说是我个人自得的法门。

---

① 耶苏：今译"耶稣"。——编者注

有人问子路：孔子是什么样人？子路不答。孔子对他说："你何不告诉他：'其为人也，发愤忘食，乐以忘忧，不知老之将至。'"可见孔子生平，也是深得力于趣味。

一个人于他的职业的本身自然要有浓深的趣味。同时最好于职业以外选择一种有浓深趣味的消遣——如踢球、围棋、歌乐等——来陶冶性情。这种趣味浓深的消遣，至好在青年时代养成，庶几将来别的坏习惯不会"取而代之"。

我所谓兴趣，是要没有反面的。譬如吃，也许是有趣，但吃多了生病便没趣了；譬如赌，也许有趣，赌输了便没趣了；其他类此者举之不尽——这类的消遣，不能算是趣味的。

我个人是一个书呆子，觉得无论做什么事情，都比不上做学问这样有兴趣。生平在政治上打了好几个跟斗，为功为罪且别论，所以不致堕落到十八层地狱者，都是因为养成了读书的趣味。

以上我所说的四层，完全是积极的提高，就是孟子所谓"先立乎其大者"，宋儒如陆象山、明儒如王阳明都以此为教。

现在要讲到怎的磨练智慧，因为时候已不早，只能简略的说。

有人主张主观的静坐修养，以求智识。这条路我不赞成。我以为要客观的考察，才可以得到智识，其方法不外：

（一）发生问题要大胆；

（二）搜集整理资料要耐烦；

（三）判断要谨密。

天下事最怕以不成问题了之。没有问题，便没有研究。不会读书的人，看见书全是平面的；会读书的人，觉得书是凹凸不平的。我们要训练自己的脑筋，于别人所不注意处注意，于别人所不怀疑处怀疑。天下古今，那一时、那一地没有苹果落地，而因之发明引力的只有奈端①；那一时、那一地没有水汽掀壶盖，而因之发明蒸汽机关的只有一瓦特；因为他们能对于别人以为不成问题的发生问题。

我们对于事物所以不会发生问题者，由于有所"蔽"，《荀子·解蔽》篇说得最透切。"蔽"有两种，一种是自己蔽自己——自己的成见蔽自己；一种是蔽于别人——或为古人所蔽，或为今人所蔽，或为时代所蔽，

---

① 奈端：今译"牛顿"。——编者注

都是蔽于别人。能打破这两种蔽，便看见什么东西都是浮起，都会去注意他。

既发生了问题，要想解决他，不能空口讲白话，必须以资料为根据。达尔文养鸽子养了二十余年，观察蚂蚁打架观察了若干年，才得到资料来做他生物学上发明的根据。资料不会找我们，非我们耐烦去找他不可。自然界如此，书本上也是如此。找到了资料，要耐烦去整理他，分析他。这两步工夫做到，则此问题之解决，思过半矣。

下判断的工夫，和发生问题相反。发生问题越大胆越好，但下判断要十分细心谨慎，丝毫不能苟且。倘若发现反证，必须勇于改正，甚至把全部工作弃却亦所不惜，千万勿为成见所蔽。

关于磨练智慧，我最后还有两句话：

一是荀子所说的"好一则博"。怎么"好一"反会"博"呢？许多不会做学问的人样样都想懂，结果只是一样都不懂。譬如开一间商店，与其挂起种种货色都有的招牌，而种种货色都不完备，何如专办一种货，而能完备呢？所以入手研究学问，范围愈狭愈好。而在此范围以内，四方八面都要晓得透澈。例如我这学年担任讲

"近三百年中国学术史",三百年以前,我可以不管,但是在这三百年以内,不独学术的本身,而且学术与政治的影响,学者的生活,学者的年龄等问题,都要知道。能如是,那就是博了。又例如做一个人的年谱——我常说做年谱最可为初学磨练史学技术——于那个人的生平思想,以及时代背景等,都能熟悉,这便是博了。

学问无论大小,无论有用没用,皆可以训练自己的脑筋。把脑筋训练好,道路走熟,以后无论所研究什么东西,都得着门径了。

最末一句话,就是孟子所谓"深造自得"。我们求学万不可光靠教育,万不可光靠课本,要"深造自得"。做学问想得深刻的印象,想真正的训练脑筋,要不怕吃苦,不怕走冤枉路。宁可用狠笨的方法,费狠多的时候,去乱碰乱冲;不要偷懒,不要贪便宜。历尽困苦艰难求来的学问,比之安坐而得的,一定更透澈,更有深刻的印象。

现在的学校教育,教授法太好,学习太容易,最足以使学生"软化"。尤其是美国式的教育,最喜欢走捷径,结果得之易,失之也易。所以我警告诸君,要披荆斩棘,求"深造自得"。

以上所讲的,虽然极普通,但都是我个人所得。上面也说过,我不过把所认为狠好的,所曾走过的路贡献给诸君。

(本文系梁启超1924年6月在清华学校讲演的演说词)

给我的孩子们

丰子恺

你们的黄金时代有限,
现实终于要暴露的。
这是我经验过来的情形,
也是大人们谁也经验过的情形。

我的孩子们！我憧憬于你们的生活，每天不止一次！我想委曲地说出来，使你们自己晓得。可惜到你们懂得我的话的意思的时候，你们将不复是可以使我憧憬的人了。这是何等可悲哀的事啊！

瞻瞻！你尤其可佩服。你是身心全部公开的真人。你什么事体都像拼命地用全副精力去对付。小小的失意，像花生米翻落地了，自己嚼了舌头了，小猫不肯吃糕了，你都要哭得嘴唇翻白，昏去一两分钟。外婆普陀去烧香买回来给你的泥人，你何等鞠躬尽瘁地抱他，喂他；有一天你自己失手把他打破了，你的号哭的悲哀，比大人们的破产、失恋、broken heart[①]、丧考妣、全军

---

① broken heart：极度伤心。——编者注

覆没的悲哀都要真切。两把芭蕉扇做的脚踏车,麻雀牌堆成的火车、汽车,你何等认真地看待,挺直了嗓子叫"汪——""咕咕咕……",来代替汽笛。宝姐姐讲故事给你听,说到"月亮姐姐挂下一只篮来,宝姐姐坐在篮里吊了上去,瞻瞻在下面看"的时候,你何等激昂地同她争,说"瞻瞻要上去,宝姐姐在下面看!"甚至哭到漫姑面前去求审判。我每次剃了头,你真心地疑我变了和尚,好几时不要我抱。最是今年夏天,你坐在我膝上发见了我腋下的长毛,当作黄鼠狼的时候,你何等伤心,你立刻从我身上爬下去,起初眼瞪瞪地对我端相,继而大失所望地号哭,看看,哭哭,如同对被判定了死罪的亲友一样。你要我抱你到车站里去,多多益善地要买香蕉,满满地擒了两手回来,回到门口时你已经熟睡在我的肩上,手里的香蕉不知落在哪里去了。这是何等可佩服的真率、自然与热情!大人间的所谓"沉默""含蓄""深刻"的美德,比起你来,全是不自然的、病的、伪的!

你们每天做火车,做汽车,办酒,请菩萨,堆六面画,唱歌,全是自动的,创造创作的生活。大人们的呼号"归自然!""生活的艺术化!""劳动的艺术化!"在你们面前真是出丑得很了!依样画几笔画,写几篇文的人称为艺术家、创作家,对你们更要愧死!

你们的创作力,比大人真是强盛得多哩:瞻瞻!你的身体不及椅子的一半,却常常要搬动它,与它一同翻倒在地上;你又要把一杯茶横转来藏在抽斗里,要皮球停在壁上,要拉住火车的尾巴,要月亮出来,要天停止下雨。在这等小小的事件中,明明表示着你们的小弱的体力与智力不足以应付强盛的创作欲、表现欲的驱使,因而遭逢失败。然而你们是不受大自然的支配,不受人类社会的束缚的创造者,所以你的遭逢失败,例如火车尾巴拉不住,月亮呼不出来的时候,你们决不承认是事实的不可能,总以为是爹爹妈妈不肯帮你们办到,同不许你们弄自鸣钟同例,所以愤愤地哭了,你们的世界何等广大!

你们一定想:终天无聊地伏在案上弄笔的爸爸,终天闷闷地坐在窗下弄引线的妈妈,是何等无气性的奇怪的动物!你们所视为奇怪动物的我与你们的母亲,有时确实难为了你们,摧残了你们,回想起来,真是不安心得很!

阿宝!有一晚你拿软软的新鞋子,和自己脚上脱下来的鞋子,给凳子的脚穿了,划袜立在地上,得意地叫"阿宝两只脚,凳子四只脚"的时候,你母亲喊着"龌龊了袜子!"立刻擒你到藤榻上,动手毁坏你的创作。

当你蹲在榻上注视你母亲动手毁坏的时候,你的小心里一定感到"母亲这种人,何等杀风景而野蛮"吧!

瞻瞻!有一天开明书店送了几册新出版的毛边的《音乐入门》来。我用小刀把书页一张一张地裁开来,你侧着头,站在桌边默默地看。后来我从学校回来,你已经在我的书架上拿了一本连史纸印的中国装的《楚辞》,把它裁破了十几页,得意地对我说:"爸爸!瞻瞻也会裁了!"瞻瞻!这在你原是何等成功的欢喜,何等得意的作品!却被我一个惊骇的"哼!"字喊得你哭了。那时候你也一定抱怨"爸爸何等不明"吧!

软软!你常常要弄我的长锋羊毫,我看见了总是无情地夺脱你。现在你一定轻视我,想道:"你终于要我画你的画集的封面!"

最不安心的,是有时我还要拉一个你们所最怕的陆露沙医生来,教他用他的大手来摸你们的肚子,甚至用刀来在你们臂上割几下,还要教妈妈和漫姑擒住了你们的手脚,捏住了你们的鼻子,把很苦的水灌到你们的嘴里去。这在你们一定认为太无人道的野蛮举动吧!

孩子们!你们果真抱怨我,我倒欢喜;到你们的抱怨变为感谢的时候,我的悲哀来了!

我在世间，永没有逢到像你们样出肺肝相示的人。世间的人群结合，永没有像你们样的彻底地真实而纯洁。最是我到上海去干了无聊的所谓"事"回来，或者去同不相干的人们做了叫做"上课"的一种把戏回来，你们在门口或车站旁等我的时候，我心中何等惭愧又欢喜！惭愧我为什么去做这等无聊的事，欢喜我又得暂时放怀一切地加入你们的真生活的团体。

但是，你们的黄金时代有限，现实终于要暴露的。这是我经验过来的情形，也是大人们谁也经验过的情形。我眼看见儿时的伴侣中的英雄、好汉，一个个退缩、顺从、妥协、屈服起来，到像绵羊的地步。我自己也是如此。"后之视今，亦犹今之视昔"，你们不久也要走这条路呢！

我的孩子们！憧憬于你们的生活的我，痴心要为你们永远挽留这黄金时代在这册子里。然这真不过像"蜘蛛网落花"，略微保留一点春的痕迹而已。且到你们懂得我这片心情的时候，你们早已不是这样的人，我的画在世间已无可印证了！这是何等可悲哀的事啊！

（本文原载1926年12月26日《文学周报》杂志第4卷第6期）

把应学的规矩,尽量学足

梁启超

规矩不过求巧的一种工具,
然而终不能不以此为教,
以此为学者,
正以能巧之人,
习熟规矩后,
乃愈益其巧耳。
不能巧者,
依着规矩可以无大过。

思成和思永同走一条路，将来互得联络观摩之益，真是最好没有了。思成来信问有用无用之别，这个问题很容易解答，试问唐开元天宝间李白、杜甫与姚崇、宋璟比较，其贡献于国家者孰多？为中国文化史及全人类文化史起见，姚、宋之有无，算不得什么事，若没有了李、杜，试问历史减色多少呢？我也并不是要人人都做李、杜，不做姚、宋，要之，要各人自审其性之所近何如，人人发挥其个性之特长，以靖献于社会，人才经济莫过于此。思成所当自策厉者，惧不能为我国美术界做李、杜耳。如其能之，则开元、天宝间时局之小小安危，算什么呢？你还是保持这两三年来的态度，埋头埋脑做去便对了。

你觉得自己天才不能副你的理想，又觉得这几年专做呆板工夫，生怕会变成画匠。你有这种感觉，便是你的学问在这时期内将发生进步的特征，我听见倒喜欢极了。孟子说："能与人规矩，不能使人巧。"凡学校所教与所学总不外规矩方面的事，若巧则要离了学校方能发见。规矩不过求巧的一种工具，然而终不能不以此为教，以此为学者，正以能巧之人，习熟规矩后，乃愈益其巧耳。不能巧者，依着规矩可以无大过。你的天才到底怎么样，我想你自己现在也未能测定，因为终日在师长指定的范围与条件内用功，还没有自由发掘自己性灵的余地。况且一位大文学家、大美术家之成就，常常还要许多环境与及附带学问的帮助。

中国先辈说要"读万卷书，行万里路"。你两三年来蛰居于一个学校的图案室之小天地中，许多潜伏的机能如何便会发育出来？即如此次你到波士顿一趟，便发生许多刺激，区区波士顿算得什么，比起欧洲来真是"河伯"之与"海若"，若和自然界的崇高伟丽之美相比，那更不及万分之一了。然而令你触发者已经如此，将来你学成之后，常常找机会转变自己的环境，扩大自己的眼界和胸怀，到那时候或者天才会爆发出来，今尚非其时也。今在学校中只有把应学的规矩，尽量学足，不惟如此，将来到欧洲回中国，所有未学的规矩也还须补学，这种工作乃为一生历程所必须经过的，而且有天才的人绝不会因此而阻抑他的天才，你千万别要对此而生厌倦，一厌倦即退步矣。至于将来能否大成，大成到怎么程度，当然还是以天才为之分限。我生平最服膺曾文正两句话："莫问收获，但问耕耘。"将来成就如何，现在想他则甚？着急他则甚？一面不可骄盈自慢，一面又不可怯弱自馁，尽自己能力做去，做到哪里是哪里，如此则可以无入而不自得，而于社会亦总有多少贡献。我一生学问得力专在此一点，我盼望你们都能应用我这点精神。

（本文系梁启超1927年2月写给子女的家信节选）

给一个忧郁的孩子

靳 以

你丰富的生命,
和那无限的对于将来的幻想,
都该像你的年龄一样,
蓬勃在你的胸间,
世界原是你们的,
你们原该能尽情地享受,
没有一种力量能和你们的力量相抗,
没有一颗心比得上你们的那样热烈,坚强。

……窗外喧嚣的水声一直也不曾休止过,我知道那是发自那条小小的溪流;可是来到这个陌生的所在,我都还不知道它是流向哪一方。夜雨在屋瓦上和檐前响着,潮湿的空气从板壁的隙缝中钻进来,摇曳的烛光被挤得小了,仿佛我又看见你那美丽而忧郁的脸,那紧锁着的眉尖……我才要说了,可是一切又都倏地消逝,使我意识到这里只有我自己的存在,秋风秋雨陪伴我,却更使我寂寞。

告诉你,寂寞已经不能给我些微的伤害,我会沉默,我体味到无言之美;可是我很坚强,像路边的一方沉默的立石。多少人从我的身边滚过去,多少事萦绕着我;既不能使我摇动,更不能使我倒下,我还是孤独地固执地守在那里。

是的,你懂得沉默,你也善于处理孤独,可是,我的孩子,什么事使你的两眉中间皱起来像一座小山?

当我在你面前的时候,我会用手为你抚摸,使它舒展开,我知道那时你会笑了,那么天真地笑着,正像一个孩子,山平下去了,在眼角里会闪出两点晶莹的光,是含着泪的微笑啊,还是微笑里的眼泪呢?

我不问询,若是问到你的时候,也许你要爽性把脸埋到两只手掌里吧?

我知道你有坚毅的性格,别人早就告诉我了,说你们被丢在那个笼子里,才只两三天,那个坚壮的汉子就哭了;可是你只是咬着自己的嘴唇坐在那里,你守着静默,没有一丝恐惧和屈服的心,我知道你的泪不是为那些事而流的,我更看见过你,当不快抓住你,你就一个人坐到那长着叶子的大树下,我记得你说过你喜欢它,说它像生在海底的珊瑚,你顺了那条蜿蜒的公路望向远处,望到天边,天边却被树和云遮断了。

你那么专心地望着,甚至于听不见已经站到你身后的我的脚步,我也看过去,——那却是一无所有。忽然在我的眼前显出来急遽间你那还没有改变过来的愠怒的

脸,我觉察到你的脸向着我了。那么我也显在你的眼前,你就微惊地叫着:

"啊啊,想不到,你怎么站到我的身后了?"

是的,我也想不到啊——你就勉强地笑着,可是躺在你两眉的那座小山,兀自躺在那里。"又有什么不如心的事了么?"

"唔唔,也许是罢!……也许不是罢?"

这可怎么办呢?连你自己也不能确定了啊,可是我仍然分明地看到那座小山躺在那里,于是我就不得不伸出我的手,使它平下去。

是的,我说你是一个智慧的孩子,你能了解到人的心的深处;可是为什么心不能了解你自己呢?你,一个二十岁的人,正是该享受你美满的青春,宇宙都应该匍匐在你的脚下。

童稚的过去固然引不起你的兴趣,可是你丰富的生命,和那无限的对于将来的幻想,都该像你的年龄一样,蓬勃在你的胸间,世界原是你们的,你们原该能尽情地享受,没有一种力量能和你们的力量相抗,没有一颗心比得上你们的那样热烈,坚强。可是你,显然地被忧郁的虫咬住了,它不放松,你的眉皱着,人也一天天地瘦损了。

是的,每次我看到你瘦长的身子便觉得心里十分难过,消蚀的应该是我们而不是你们。我们是一些人生旅途上的老马,千万里的路程在脚下过去了,看得多了,却说不出来,背负的重载和心的重载都不知道在哪一天就把我们压倒了,我深切地知道,我们一倒下来就不复站得起,因为即使好心人把压在身上的取下去,可是压在心上的却无法取去的。

夕阳中,你独立在山头,微风扬起了你的长发,你那纤弱的身体因了你只用脚尖着地就显得更高更瘦,而抹在你身后的是一片火一般的云彩,我为这幻象所欺,以为你真是被烧着,就迅急地跑了上去,想把你从那劫焰之中拯救出来,待我跑到上面,已经一无所有,只是你那双显得有一点张惶的眼睛在迎着我,我还说什么呢?风在树梢上低低说了,细流在溪涧絮絮地说了,我还说些什么呢?

你说:"你赶到上面来了。"

我说:"是的,因为我看见你——"

"你说我忧郁么?过于忧郁么?"

我只点点头回答我的话。

"可是我知道，你也忧郁的！"

好像我被人窥见了隐秘似地，不得不逃避般地，拔脚跑开了，我头也不回，气也不喘地一直跑了六十里路的山和水，我驻足在这个陌生的所在；于是当我看见你忧郁的面容再显现出来的时候，我就大声地向你叫喊。

"孩子，你听多了山风的细语，流水的潺潺，它们不能告诉你些什么，只使你的忧郁加深，我告诉你，这个世界是你的，宇宙该在你的面前俯首，你正该好好享受你的青春，时代是你们的……"

你听见了么，当我这样喊叫的时候？

仿佛我又看到你的笑脸在我的面前涌现，你告诉我你高兴了，你时时想笑，比那一天我们的出游还高兴，你说你们又踏着你独自的足迹邀游，笑永远随着你们，你也像朝我大声喊着：

"别人的话是对的，可是我们否认我们是痛苦的，纯真的情感不受任何力量的支配也不受任何的影响，若是说无形中真要是有所谓命运主宰着人生，我们也要奋力地打破它；你相信我的话么？"

我相信你，孩子，只要你能移去你眉间的那座小山，我就知道你的力量了。

窗外泼剌一声,怕是一尾不耐的鱼的跃动吧?雨已经停歇了,寒冷却更甚,原来夜,夜是更深了,遥远的路程,也许使你们没有法子听到我低微的祝福吧?

(本文选自靳以著《红烛》,文化生活出版社1942年8月出版)

学来的精华，种在自己性格里

傅 雷

我现在特别提醒你，
希望你时时警惕，
对于你新感受的东西不要让它浮在感受的表面；
而要仔细分析，
究竟新感受的东西和你原来的观念、
情绪、表达方式有何不同。

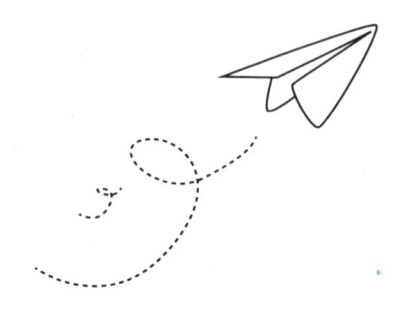

好孩子：八月一日的信收到了，今天是十一日，就是说一共只有十天功夫。（……）

你的生活我想象得出，好比一九二九年我在瑞士。但你更幸运，有良师益友为伴，有你的音乐做你崇拜的对象。我二十一岁在瑞士正患着青春期的、浪漫底克①的忧郁病：悲观、厌世、徬徨、烦闷、无聊：我在《贝多芬传》译序中说的就是指那个时期。孩子，你比我成熟多了，所有青春期的苦闷，都提前几年，早在国内度过；所以你现在更能够定下心神，发愤为学；不至于像我当年蹉跎岁月，到如今后悔无及。

你的弹琴成绩，叫我们非常高兴。对自己父母，不

---

① 浪漫底克：即为罗曼蒂克。——编者注

用怕"自吹自捧"的嫌疑，只要同时分析一下弱点，把别人没说出而自己感觉到的短处也一起告诉我们。把人家的赞美报告我们，是你对我们最大的安慰；但同时必须深深的检讨自己的缺陷。这样，你写的信就不会显得过火；而且这种自我批判的功夫也好比一面镜子，对你有很大帮助。把自己的思想写下来（不管在信中或是用别的方式），比着光在脑中空想是大不同的。写下来需要正确精密的思想，所以写在纸上的自我检讨，格外深刻，对自己也印象深刻。你觉得我这段话对不对？

我对你这次来信还有一个很深的感想，便是你的感觉性极强、极快。这是你的特长，也是你的缺点。你去年一到波兰，弹Chopin（萧邦①）的style（风格）立刻变了；回国后却保持不住；这一回一到波兰又变了。这证明你的感受力极快。但是天下事有利必有弊，有长必有短，往往感受快的，不能沉浸得深，不能保持得久。去年时期短促，固然不足为定论。但你至少得承认，你的不容易"牢固执著"是事实。我现在特别提醒你，希望你时时警惕，对于你新感受的东西不要让它浮在感受的表面；而要仔细分析，究竟新感受的东西和你原来的

---

① 萧邦：今译"肖邦"。——编者注

观念、情绪、表达方式有何不同。这是需要冷静而强有力的智力,才能分析清楚的。希望你常常用这个步骤来"巩固"你很快得来的新东西(不管是技术是表达)。长此做去,不但你的演奏风格可以趋于稳定、成熟(当然所谓稳定不是刻板化、公式化),而且你一般的智力也可大大提高,受到锻炼。孩子,记住这些!深深的记住!还要实地做去!这些话我相信只有我能告诉你。

还要补充几句:弹琴不能徒恃 sensation(感觉),sensibility(情感)。那些心理作用太容易变。从这两方面得来的,必要经过理性的整理、归纳,才能深深的化入自己的心灵,成为你个性的一部分,人格的一部分。当然,你在波兰几年住下来,熏陶的结果,多少也(自然而然的)会把握住精华。但倘若你事前有了思想准备,特别在智力方面多下功夫,那么你将来的收获一定更大更丰富,基础也更稳固。再说得明白些:艺术家天生敏感,换一个地方,换一批群众,换一种精神气氛,不知不觉会改变自己的气质与表达方式。但主要的是你心灵中最优秀最特出的部分,从人家那儿学来的精华,都要紧紧抓住,深深的种在自己性格里,无论何时何地这一部分始终不变。这样你才能把独有的特点培养得厚实。

关于这个问题，我想你听了必有所感。不妨跟我多谈谈。

其次，我不得不再提醒你一句：尽量控制你的感情，把它移到艺术中去。你周围美好的天使太多了，我怕你又要把持不住。你别忘了，你自誓要做几年清教徒的，在男女之爱方面要过几年僧侣生活，禁欲生活的！这一点千万要提醒自己！时时刻刻提防自己！一切都要醒悟得早，收篷收得早；不要让自己的热情升高之后再去压制，那时痛苦更多，而且收效也少。亲爱的孩子，无论如何你要在这方面听从我的忠告！爸爸妈妈最不放心的不过是这些。

你上课以后，老师如何批评？那时他一定有更切实更具体的指摘，不会光是夸奖了。我们都急于要知道。你对 Chopin（萧邦）的了解，他们认为的长处短处，都望详细报告。technic（技巧）问题也是我最关心的。老师的意见怎样？是否需要从头来起？还是目前只改些小地方，待比赛以后再彻底修改？这些你也不妨请问老师。

罗忠镕和李凌都有回信来，你的行李因大水为灾，货车停开，故耽误了。你不必再去信向他们提。我认为你也应该写信给李凌，报告一些情形，当然口气要缓和。人家说你好的时候，你不妨先写上"承蒙他们谬许""承他们夸奖"一类的套语。李是团体的负责人，你每隔一个月或一个半月都应该写信；信末还应该附一笔，"请代向周团长致敬"。这是你的责任，切不能马虎。信不妨写得简略，但要多报告一些事实。切不可二三月不写信给李凌——你不能忘了团体对你的好意与帮助，要表示你不忘记，除了不时写信没有第二个办法。

你记住一句话：青年人最容易给人一个"忘恩负义"的印象。其实他是眼睛望着前面，饥渴一般的忙着吸收新东西，并不一定是"忘恩负义"；但懂得这心理的人很少；你千万不要让人误会。

（本文系傅雷1954年8月写给儿子傅聪的家信）

亲爱的孩子，
真高兴你把我
错误的估计全部推翻

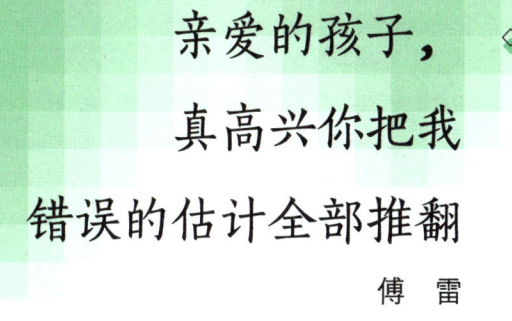

傅 雷

我时时刻刻要提醒你，
想着过去的艰难，
让你以后遇到困难的时候更有勇气去克服，
不至于失掉信心！

聪，亲爱的孩子：期待了一个月的结果终于揭晓了，多少夜没有好睡，十九日晚更是神思恍惚，昨（二十日）夜为了喜讯过于兴奋，我们仍没睡着。先是昨晚五点多钟，马太太从北京来长途电话；接着八时许无线电报告（仅至第五名为止），今晨报上又披露了十名的名单。难为你，亲爱的孩子！你没有辜负大家的期望，没有辜负祖国的寄托，没有辜负老师的苦心指导，同时也没辜负波兰师友及广大群众这几个月来对你的鼓励！

　　也许你觉得应该名次再前一些才好，告诉我，你是不是有"美中不足"之感？可是别忘了，孩子，以你离国前的根基而论，你七个月中已经作了最大的努力，这次比赛也已经do your best（尽力而为）。不但如此，这七个月的成绩已经近乎奇迹。想不到你有这么些才华，想不到你的春天来得这么快，花开得这么美，开到世界的乐坛上放出你的异香。东方升起了一颗星，这么光明，这么纯净，这么深邃；替新中国创造了一个辉煌的世界纪录！我做父亲的一向低估了你，你把我的错误用你的才具与苦功给点破了，我真高兴，我真骄傲，能够有这么一个儿子把我错误的估计全部推翻！

妈妈是对的，母性的伟大不在于理智，而在于那种直觉的感情；多少年来，她嘴上不说，心里是一向认为我低估你的能力的；如今她统统向我说明了。我承认自己的错误，但是用多么愉快的心情承认错误：这也算是一个奇迹吧？

回想到一九五三年十二月你从北京回来，我同意你去波学习，但不鼓励你参加比赛，还写信给周巍峙①要求不让你参加。虽说我一向低估你，但以你那个时期的学力，我的看法也并不全错。你自己也觉得即使参加，未必有什么把握。想你初到海滨时，也不见得有多大信

---

① 周巍峙：时任文化部艺术局局长。——编者注

心吧？可见这七个月的学习，上台的经验，对你的帮助简直无法形容，非但出于我们意料之外，便是你以目前和七个月以前的成绩相比，你自己也要觉得出乎意料之外，是不是？

今天清早柯子岐打电话来，代表他父亲母亲向我们道贺。子岐说：与其你光得第二，宁可你得第三，加上一个玛祖卡奖。这句话把我们心里的意思完全说中了。你自己有没有这个感想呢？

再想到一九四九年第四届比赛的时期，你流浪在昆明，那时你的生活，你的苦闷，你的渺茫的前途，跟今日之下相比，不像是做梦吧？谁想得到，一九五一年回上海时只弹"Pathetique" Sonata（《"悲怆"奏鸣曲》）还没弹好的人，五年以后会在国际乐坛的竞赛中名列第三？多少迂回的路，多少痛苦，多少失意，多少挫折，换来你今日的成功！可见为了获得更大的成功，只有加倍努力，同时也得期待别的迂回，别的挫折。我时时刻刻要提醒你，想着过去的艰难，让你以后遇到困难的时候更有勇气去克服，不至于失掉信心！人生本是没穷尽没终点的马拉松赛跑，你的路程还长得很呢：这不过是一个光辉的开场。

回过来说：我过去对你的低估，在某些方面对你也许有不良的影响，但有一点至少是对你有极大的帮助的。惟其我对你要求严格，终不至于骄纵你——你该记得罗马尼亚三奖初宣布时你的愤懑心理，可见年轻人往往容易估高自己的力量。我多少年来把你紧紧拉着，至少养成了你对艺术的严肃的观念，即使偶尔忘形，也极易拉回来。我提这些话，不是要为我过去的做法辩护，而是要趁你成功的时候特别让你提高警惕，绝对不让自满和骄傲的情绪抬头。

我知道这也用不着多嘱咐，今日之下，你已经过了这一道骄傲自满的关，但我始终是中国儒家的门徒，遇到极盛的事，必定要有"如临深渊，如履薄冰"的格外郑重、危惧、戒备的感觉。

现在再谈谈实际问题：

据我们猜测，你这一回还是吃亏在technic（技巧），而不在于music（音乐）；根据你技巧的根底，根据马先生到波兰后的家信，大概你在这方面还不能达到极有把握的程度。当然难怪你，过去你受的什么训练呢？七个月能有这成绩已是奇迹，如何再能苛求？你几次来信，和在节目单上的批语，常常提到"佳，但不完整"。从这句话里，我们能看出你没有列入第一二名的最大关键。大概马先生到波以后的几天，你在技巧方面又进了一步，要不然，眼前这个名次恐怕还不易保持。在你以后的法、苏、波几位竞争者，他们的技巧也许还胜过你呢？

假若比赛是一九五四年夏季举行，可能你是会名落孙山的；假若你过去二三年中就受着杰维茨基教授指导，大概这一回稳是第一；即使再跟他多学半年吧，第二也该不成问题了。

告诉我，孩子，你自己有没有这种感想？

说到"不完整"，我对自己的翻译也有这样的自我批评。无论译哪一本书，总觉得不能从头至尾都好；可见任何艺术最难的是"完整"！你提到 perfection（完美），其实 perfection 根本不存在的，整个人生、世界、宇宙，都谈不上 perfection。要就是存在于哲学家的理想和政治家的理想之中。我们一辈子的追求，有史以来多少世代的人的追求，无非是 perfection，但永远是追求不到的，因为人的理想、幻想，永无止境，所以 perfection 像水中月、镜中花，始终可望而不可即。但能在某一个阶段求得总体的"完整"或是比较的"完整",已经很不差了。

(本文系傅雷1955年3月写给儿子傅聪的家信)

孩子，
其实你不必这样

张丽钧

孩子，
穷，本不是你的错，
不要用自己羸弱的身体
去给"穷"这东西殉难，
它不值得。

距离高考还有20多天了,高三复习进入了白热化的程度。

这天,一个叫程海的高三男生来找我,嗫嚅地说:"老师,我写了一篇备考作文,想麻烦您给看看。"我欣喜地接过作文,告诉他说:"一点也不麻烦,给你这个高才生看作文,我好荣幸啊!"我不教他,但我一直在留意他。他长得又瘦又小,坐在教室的第一排;他各科的成绩都十分优异,在年级一直稳居前十名;他是"特困生",三年的高中学费全免。

那是一篇写得挺不错的作文,我很喜欢,就边改边将它敲进了电脑。当我把一篇打印稿交给程海时,他喜出望外地看着我,一叠声地说了七八个"谢谢"。

做课间操的时候,我看着他特别卖力的样子,不由得有一点心疼。我跟他的班主任说:"程海这孩子干什么都不会偷懒吧?"班主任说:"何止是不会偷懒,他简直就是苛求自己。他生活那么困难,却不肯接受大家的捐助。你知道他怎么买饭吗?二两米饭,半份素菜,从来都是这样的。"我说:"高三这么苦,这么累,每天的学习时间超过了14个小时,是超强体力劳动呢!他才吃这么点东西,身体非垮了不可!"班主任叹口气,没有说什么。

第二天,我特意到高三的售饭区等候程海。程海来得很迟,我知道他特别惜时,晚一些来为的是错开排队的高峰。程海往打卡机里插卡的时候,我看到显示屏上清晰地跳出了41.50元的字样。他买了一份饭、半份菜,还剩下40元钱。我和他边聊边往就餐区走。当我确信周围没有人注意我们时,我把自己的饭卡递到程海面前,假装很随意地说:"我们交换一下好吗?别紧张,我需要减肥,你需要长肉,咱们一起努力,到高考那天,你把我饭卡里的钱用完,我把你饭卡里的钱用完,你说好不好?"程海有些手足无措,低声说:"老师,我的……钱,够用。"我说:"我看见你的卡里还有多少钱了。

别让我着急了，咱俩其实是互相成全。好了，把你的卡给我吧。"程海说了声"谢谢"，就和我交换了饭卡。

我的饭卡里存有200元钱，足够他这20多天用了。那之后当我去食堂买饭，偶尔遇到往高三售饭区走的程海，我都会向他做一个"V"形手势，鼓励他努力吃，努力学。

高考来了。

高考又走了。

程海到学校来找我，郑重地将饭卡还给了我，并真诚地向我道谢。我也找出他的饭卡，笑着说："我的任务完成得不赖，你可不如我。你看你，还是这么瘦！"程海说："其实我长肉了，偷着长的，老师看不出来。"

很快，高考成绩下来了，程海考出了628分的好成绩。作为关爱着他的老师和关注着他的朋友，我就像自己又经历了一次金榜题名一样高兴。

临近放假的一天，我到食堂去买饭。我把饭卡插进打卡机，显示屏上居然显示出了160元的字样！我一下子蒙了。我把饭卡抽出来，到储款机那里去查询，结果是这张饭卡近期没有储过款！也就是说，在高考前的20多天里，程海仅仅花去了他"自己"的那40元钱！

我捏着那张饭卡，突然有一种想流泪的感觉。

我看着冷清的高三售饭区，想着那个几乎天天来食堂都要"迟到"的又瘦又小的只买半份菜的男生。我惊问自己：是不是，我在无意中伤害了这个十分十分要强的孩子？

此刻，如果程海出现在我面前，我将对他说些什么？我想我可能会说：孩子，穷，本不是你的错，不要用自己羸弱的身体去给"穷"这东西殉难，它不值得。如果一个人，表示愿意和你并肩迎击困难，你自然可以分析他（她）的用心是否真纯；而当你明白地知晓他（她）原是惴惴地揣了一颗善心，并希望用这颗善心给你温暖的时候，你就应当赐给他（她）一个机缘。在这个世界上，钱永远不是最要紧的东西，如果你以为唯有清算了钱才不至于亏欠他人，唯有捍卫了钱才不至于辜负他人，那你就错了。要知道，有人会把你欣然领受一份善意看成是对他（她）的至高奖赏。他（她）期待着你幸福地体察到他（她）的良苦用心，他（她）也期待着你日后同样成为慷慨地赠予他人温暖的人。

孩子，说真的，我今生将能挣来无数个160元钱，而从这无数之中拿出一份喂饱你一生中最不该饥馑的日子，这该是件多么让我欣慰的事！可惜，你没有给我机会，你也没有给自己机会。

我们之间曾发生过一个美丽的故事：你给了我一篇作文，我将它敲进了电脑，我们共同创造了一份有价值的记忆。相比之下，如今被我捏在手中的这张饭卡是多么不幸，它本是想殷勤地编织一个动人的故事的，岂料却留下了一处败笔。

孩子，你在大学还好吗？买饭的时候，别总去得那么迟，早一点去，可以买到热一些、可口一些的饭菜。

（本文选自《花香拦路：张丽钧自选集》，甘肃人民出版社2021年7月出版）

PART 4
庆幸有过这样的父母

我之所以能成为一个
不十分坏的人，
是母亲感化的

落花生

许地山

◇◇◇◇◇◇◇◇
父亲的话现在还印在我心版上。

我们屋后有半亩隙地。母亲说:"让他荒芜着怪可惜,既然你们那么爱吃花生,就辟来做花生园罢。" 我们几姊弟和几个小丫头都很喜欢——买种的买种,动土的动土,灌园的灌园;过不了几个月,居然收获了!

妈妈说:"今晚我们可以做一个收获节,也请你们爹爹来尝尝我们的新花生,如何?"我们都答应了。母亲把花生做成好几样的食品,还吩咐这节期要在园里的茅亭举行。

那晚上的天色不大好,可是爹爹也到来,实在很难得!爹爹说:"你们爱吃花生么?"

我们都争着答应:"爱!"

"谁能把花生的好处说出来?"

姊姊说："花生的气味很美。"

哥哥说："花生可以制油。"

我说："无论何等人都可以用贱价买他来吃；都喜欢吃他。这就是他的好处。"

爹爹说："花生的用处固然很多；但有一样是很可贵的。这小小的豆不像那好看的苹果、桃子、石榴，把他们的果实悬在枝上，鲜红嫩绿的颜色，令人一望而发生羡慕的心。他只把果子埋在地底，等到成熟，才容人把他挖出来，你们偶然看见一棵花生瑟缩地长在地上，不能立刻辨出他有没有果实，非得等到你接触他才能知道。"

我们都说："是的。"母亲也点点头。爹爹接下去说："所以你们要像花生，因为他是有用的，不是伟大、好看的东西。"

我说："那么，人要做有用的人，不要做伟大、体面的人了。"

爹爹说："这是我对于你们的希望。"

我们谈到夜阑才散，所有花生食品虽然没有了，然而父亲的话现在还印在我心版上。

（本文选自许地山著《空山灵雨》，上海商务印书馆1932年9月出版）

我的母亲

胡 适

◇◇◇◇◇◇◇◇◇◇◇◇◇◇◇◇◇

如果我学得了一丝一毫的好脾气,
如果我学得了一点点待人接物的和气,
如果我能宽恕人,体谅人
——我都得感谢我的慈母。

我小时身体弱，不能跟着野蛮的孩子们一块儿玩。我母亲也不准我和他们乱跑乱跳。小时不曾养成活泼游戏的习惯，无论在什么地方，我总是文绉绉的。所以家乡老辈都说我"像个先生样子"，遂叫我做"穈先生"。这个绰号叫出去之后，人都知道三先生的小儿子叫做穈先生了。既有"先生"之名，我不能不装出点"先生"样子，更不能跟着顽童们"野"了。有一天，我在我家八字门口和一班孩子"掷铜钱"，一位老辈走过，见了我，笑道："穈先生也掷铜钱吗？"我听了羞愧得面红耳热，觉得太失了"先生"的身份！

　　大人们鼓励我装先生样子，我也没有嬉戏的能力和习惯，又因为我确是喜欢看书，故我一生可算是不曾享过儿童游戏的生活。每年秋天，我的庶祖母同我到田里去"监割"（顶好的田，水旱无忧，收成最好，佃户每约田主来监割，打下谷子，两家平分），我总是坐在小树下看小说。十一二岁时，我稍活泼一点，居然和一群同学组织了一个戏剧班，做了一些木刀竹枪，借得了几副假胡须，就在村口田里做戏。我做的往往是诸葛亮、刘备一类的文角儿；只有一次我做史文恭，被花荣一箭从椅子上射倒下去，这算是我最活泼的玩艺儿了。

我在这九年（1895—1904）之中，只学得了读书写字两件事。在文字和思想的方面，不能不算是打了一点底子。但别的方面都没有发展的机会。有一次我们村里"当朋"（八都凡五村，称为"五朋"，每年一村轮着做太子会，名为"当朋"），筹备太子会，有人提议要派我加入前村的昆腔队学习吹笙或吹笛。族里长辈反对，说我年纪太小，不能跟着太子会走遍五朋。于是我便失掉了这学习音乐的唯一机会。三十年来，我不曾拿过乐器，也全不懂音乐；究竟我有没有一点学音乐的天资，我至今还不知道。至于学图画，更是不可能的事。我常常用竹纸蒙在小说书的石印绘像上，摹画书上的英雄美人。有一天，被先生看见了，挨了一顿大骂，抽屉里的图画都被搜出撕毁了。于是我又失掉了学做画家的机会。

但这九年的生活，除了读书看书之外，究竟给了我一点做人的训练。在这一点上，我的恩师就是我的慈母。

每天天刚亮时，我母亲便把我喊醒，叫我披衣坐起。我从不知道她醒来坐了多久了。她看我清醒了，便对我说昨天我做错了什么事，说错了什么话，要我认错，要我用功读书。有时候她对我说父亲的种种好处，她说："你总要踏上你老子的脚步。我一生只晓得这一个完全的人，你要学他，不要跌他的股。"（跌股便是丢脸，出丑。）她说到伤心处，往往掉下泪来。到天大明时，她才把我的衣服穿好，催我去上早学。学堂门上的锁匙放在先生家里；我先到学堂门口一望，便跑到先生家里去敲门。先生家里有人把锁匙从门缝里递出来，我拿了跑回去，开了门，坐下念生书。十天之中，总有八九天我是第一个去开学堂门的。等到先生来了，我背了生书，才回家吃早饭。

我母亲管束我最严。她是慈母兼任严父。但她从来不在别人面前骂我一句，打我一下。我做错了事，她只对我一望，我看见了她的严厉眼光，便吓住了。犯的事小,她等到第二天早晨我睡醒时才教训我。犯的事大,她等到晚上人静时,关了房门,先责备我,然后行罚,或罚跪,或拧我的肉。无论怎样重罚,总不许我哭出声音来。她教训儿子不是借此出气叫别人听的。

有一个初秋的傍晚,我吃了晚饭,在门口玩,身上只穿着一件单背心。这时候我母亲的妹子玉英姨母在我家住,她怕我冷了,拿了一件小衫出来叫我穿上。我不肯穿,她说:"穿上吧,凉了。"我随口回答:"娘(凉)什么!老子都不老子呀。"我刚说了一句,一抬头,看见母亲从家里走出,我赶快把小衫穿上。但她已听见这句轻薄的话了。晚上人静后,她罚我跪下,重重地责罚了一顿。她说:"你没了老子,是多么得意的事!好用来说嘴!"她气得坐着发抖,也不许我上床去睡。我跪着哭,用手擦眼泪,不知擦进了什么微菌,后来足足害了一年多的眼翳病。医来医去,总医不好。我母亲心里又悔又急,听说眼翳可以用舌头舔去,有一夜她把我叫醒,真用舌头舔我的病眼。这是我的严师,我的慈母。

我母亲二十三岁做了寡妇,又是当家的后母。这种生活的痛苦,我的笨笔写不出一万分之一二。家中财政本不宽裕,全靠二哥在上海经营调度。大哥从小便是败子，吸鸦片烟，赌博，钱到手就光，光了便回家打主意，见了香炉便拿出去卖，捞着锡茶壶便拿出去押。

我母亲几次邀了本家长辈来，给他定下每月用费的数目。但他总不够用，到处都欠下烟债赌债。每年除夕我家中总有一大群讨债的，每人一盏灯笼，坐在大厅上不肯去。大哥早已避出去了。大厅的两排椅子上满满的都是灯笼和债主。我母亲走进走出，料理年夜饭，谢灶神，压岁钱等事，只当做不曾看见这一群人。

到了近半夜，快要"封门"了，我母亲才走后门出去，央一位邻舍本家到我家来，每一家债户开发一点钱。做好做歹的，这一群讨债的才一个一个提着灯笼走出去。一会儿，大哥敲门回来了。我母亲从不骂他一句。并且因为是新年，她脸上从不露出一点怒色。这样的过年，我过了六七次。

大嫂是个最无能而又最不懂事的人，二嫂是个很能干而气量很窄小的人。她们常常闹意见，只因为我母亲的和气榜样，她们还不曾有公然相骂相打的事。她们闹事时，只是不说话，不答话，把脸放下来，叫人难看；二嫂生气时，脸色变青，更是怕人。她们对我母亲闹气时，也是如此。我起初全不懂得这一套，后来也渐渐懂得看人的脸色了。我渐渐明白,世间最可厌恶的事莫如一张生气的脸;世间最下流的事莫如把生气的脸摆给旁人看。这比打骂还难受。

我母亲的气量大,性子好,又因为做了后母后婆,她更事事留心,事事格外容忍。大哥的女儿比我只小一岁,她的饮食衣服总是和我的一样。我和她有小争执,总是我吃亏,母亲总是责备我,要我事事让她。后来大嫂二嫂都生了儿子了,她们生气时便打骂孩子来出气,一面打,一面用尖刻有刺的话骂给别人听。我母亲只装做不听见。有时候,她实在忍不住了,便悄悄走出门去,或到左邻立大嫂家去坐一会,或走后门到后邻度嫂家去闲谈。她从不和两个嫂子吵一句嘴。

每个嫂子一生气,往往十天半个月不歇,天天走进走出,板着脸,咬着嘴,打骂小孩子出气。我母亲只忍耐着,忍到实在不可再忍的一天,她也有她的法子。这一天的天明时,她便不起床,轻轻地哭一场。她不骂一个人,只哭她的丈夫,哭她自己苦命,留不住她丈夫来照管她。她先哭时,声音很低,渐渐哭出声来。我醒了起来劝她,她不肯住。这时候,我总听得见前堂(二嫂住前堂东房)或后堂(大嫂住后堂西房)有一扇房门开了,一个嫂子走出房向厨房走去。不多一会,那位嫂子来敲我们的房门了。我开了房门,她走进来,捧着一碗热茶,送到我母亲床前,劝她止哭,请她喝口热茶。我母亲慢慢停住哭声,伸手接了茶碗。那位嫂子站着劝一会,才退出去。没有一句话提到什么人,也没有一个字提到这十天半个月来的气脸,然而各人心里明白,泡茶进来的嫂子总是那十天半个月来闹气的人。奇怪得很,这一哭之后,至少有一两个月的太平清静日子。

我母亲待人最仁慈,最温和,从来没有一句伤人感情的话。但她有时候也很有刚气,不受一点人格上的侮辱。我家五叔是个无正业的浪人,有一天在烟馆里发牢骚,说我母亲家中有事总请某人帮忙,大概总有什么好处给他。这句话传到了我母亲耳朵里,她气得大哭,请了几位本家来,把五叔喊来,她当面质问他,她给了某人什么好处。直到五叔当众认错赔罪,她才罢休。

我在我母亲的教训之下住了九年,受了她的极大极深的影响。我十四岁(其实只有十二岁零两三个月)便离开她了,在这广漠的人海里独自混了二十多年,没有一个人管束过我。如果我学得了一丝一毫的好脾气，如果我学得了一点点待人接物的和气，如果我能宽恕人，体谅人——我都得感谢我的慈母。

（本文写于1930年11月，选自《胡适自传》，黄山书社1986年出版）

我的母亲

邹韬奋

如今想起母亲见我被打，
陪着我一同哭，
那样的母爱，
仍然使我感念着我的慈爱的母亲。

说起我的母亲，我只知道她是"浙江海宁查氏"，至今不知道她有什么名字！这件小事也可表示今昔时代的不同。现在的女子未出嫁的固然很"勇敢"地公开着她的名字，就是出了嫁的，也一样地公开着她的名字。不久以前，出嫁后的女子还大多数要在自己的姓上面加上丈夫的姓；通常人们的姓名只有三个字，嫁后女子的姓名往往有四个字。在我年幼的时候，知道担任商务印书馆出版的《妇女杂志》笔政的朱胡彬夏，在当时算是有革命性的"前进的"女子了，她反抗了家里替她订的旧式婚姻，以致她的顽固的叔父宣言要用手枪打死她，但是她却仍在"胡"字上面加着一个"朱"字！近来的女子就有很多在嫁后仍只用自己的姓名，不加不减。这意义表示女子渐渐地有着她们自己的独立的地位，不是属于任何人所有的了。但是在我的母亲的时代，不但不能学"朱胡彬夏"的用法，简直根本就好像没有名字！我说"好像"，因为那时的女子也未尝没有名字，但在实际上似乎就用不着。像我的母亲，我听见她的娘家的人们叫她做"十六小姐"，男家大家族里的人们叫她做"十四少奶"，后来我的父亲做了官，人们便叫她做"太太"，她始终没有用她自己名字的机会！我觉得这种情形也可以暗示妇女在封建社会里所处的地位。

我的母亲在我十三岁的时候就去世了。我生的那一年是在九月里生的，她死的那一年是在五月里死的，所以我们母子两人在实际上相聚的时候只有十一年零九个月。我在这篇文里对于母亲的零星追忆，只是这十一年里的前尘影事。

我现在所能记得的最初对于母亲的印象，大约在两三岁的时候。我记得有一天夜里，我独自一人睡在床上，由梦里醒来，朦胧中睁开眼睛，模糊中看见由垂着的帐门射进来的微微的灯光，在这微微的灯光里瞥见一个青年妇人拉开帐门，微笑着把我抱起来。她嘴里叫我什么，并对我说了什么，现在都记不清了，只记得她把我负在她的背上,跑到一个灯光灿烂人影幢幢往来的大客厅里,走来走去"巡阅"着。大概是元宵吧,这大客厅里除有不少成人谈笑着外,有二三十个孩童提着各色各样的纸灯,里面燃着蜡烛,三五成群地跑着玩。我此时伏在母亲的背上,半醒半睡似的微张着眼看这个,望那个。那时我的父亲还在和祖父同住,过着"少爷"的生活;父亲有十来个弟兄,有好几个都结了婚,所以这大家族里有着这么多的孩子。母亲也做了这大家族里的一分子。她十五岁就出嫁,十六岁那年养我,这个时候才十七八岁。我由现在追想当时伏在她的背上睡眼惺忪所见着她的容态,还感觉到她的活泼的、欢悦的、柔和的、青春的美。我生平所见过的女子中,我的母亲是最美的一个,就是当时伏在母亲背上的我,也能觉到在那个大客厅里许多妇女里面,没有一个及得到母亲的可爱。我现在想来,大概在我睡在房里的时候,母亲看见许多孩子玩灯热闹,便想起了我,也许蹑手蹑脚到我床前看了好几次,见我醒了,便负我出去一饱眼福。这是我对母爱最初的感觉,虽则在当时的幼稚脑袋里当然不知道什么叫做母爱。

后来祖父年老告退,父亲自己带着家眷在福州做候补官。我当时大概有了五六岁,比我小两岁的二弟已生了。家里除父亲、母亲和这个小弟弟外,只有母亲由娘家带来的一个青年女仆,名叫妹仔。"做官"似乎怪好听,但是当时父亲赤手空拳出来做官,家里一贫如洗。我还记得,父亲一天到晚不在家里,大概是到"官场"里"应酬"去了,家里没有米下锅;妹仔替我们到附近施米给穷人的一个大庙里去领"仓米",要先在庙前人山人海里面拥挤着领到竹签,然后拿着竹签再从挤得水泄不通的人群中,带着粗布袋挤到里面去领米;母亲在家里横抱着哭啼着的二弟踱来踱去,我在旁坐在一只小椅上呆呆地望着母亲,当时不知道这就是穷的景象,只诧异着母亲的脸何以那样苍白,她那样静寂无语地好像有着满腔无处诉的心事。妹仔和母亲非常亲热,她们竟好像母女,共患难,直到母亲病得将死的时候,她还是不肯离开她,以孝女自居,寝食俱废地照顾着母亲。

母亲喜欢看小说,那些旧小说,她常常把所看的内容讲给妹仔听。她讲得娓娓动听,妹仔听着忽而笑容满面,忽而愁眉双锁。章回的长篇小说一下讲不完,妹仔就很不耐地等着母亲再看下去,看后再讲给她听。往往讲到孤女患难,或义妇含冤的凄惨的情形,她两人便都热泪盈眶，泪珠尽往颊上涌流着。那时的我立在旁边瞧着，莫名其妙，心里不明白她们为什么那样无缘无故地挥泪痛哭一顿，和在上面看到穷的景象一样地不明白其所以然。现在想来，才感觉到母亲的情感的丰富，并觉得她的讲故事能那样地感动着妹仔。如果母亲生在现在，有机会把自己造成一个教员，必可成为一个循循善诱的良师。

我六岁的时候，由父亲自己为我"发蒙"，讲的是三字经，第一天上的课是："人之初，性本善；性相近，习相远。"一点儿莫名其妙！一个人坐在一个小客厅的炕床上"朗诵"了半天，苦不堪言！母亲觉得非请一位"西席"老夫子总教不好，所以家里虽一贫如洗，情愿节衣缩食，把省下的钱请一位老夫子。说来可笑，第一个请来的这位老夫子，每月束脩只须四块大洋（当然供膳宿），虽则这四块大洋，在母亲已是一件很费筹措的事情。我到十岁的时候，读的是《孟子见梁惠王》，教师的每月束脩已加到十二元，算增加了三倍。到年底的时候，父亲要"清算"我平日的功课。在夜里亲自听我背书，很严厉，桌上放着一根两指阔的竹板。我的背向着他立着背书，背不出的时候，他提一个字，就叫我回转身来把手掌展放在桌上，他拿起这根竹板很重地打下来。我吃了这一下苦头，痛是血肉的身体所无法避免的感觉，当然失声地哭了，但是还要忍住哭，回过身去再背。不幸又有一处中断，背不下去；经他再提一字，再打一下。呜呜咽咽地背着那位前世冤家的"见梁惠王"的"孟子"！我自己呜咽着背，同时听得见坐在旁边缝纫着的母亲也唏唏嘘嘘地泪如泉涌地哭着。我心里知道她见我被打，她也觉得好像刺心的痛苦，和我表着十二分的同情，但她却时时从呜咽着的、断断续续的声音里勉强说着"打得好"！她的饮泣吞声，为的是爱她的儿子；勉强硬着头皮说声"打得好"，为的是希望她的儿子上进。由现在看来，这样的教育方法真是野蛮之至！但是我不敢怪我的母亲，因为那个时候就只有这样野蛮的教育法；如今想起母亲见我被打，陪着我一同哭，那样的母爱，仍然使我感念着我的慈爱的母亲。背完了半本"梁惠王"，右手掌打得发肿有半寸高，偷向灯光中一照，通亮，好像满肚子装着已成熟的丝的蚕身一样。母亲含着泪抱我上床，轻轻把被窝盖上，向我额上吻了几吻。

当我八岁的时候，二弟六岁，还有一个妹妹三岁。

三个人的衣服鞋袜，没有一件不是母亲自己做的。她还时常收到一些外面的女红来做，所以很忙。我在七八岁时，看见母亲那样辛苦，心里已知道感觉不安。记得有一个夏天的深夜，我忽然从睡梦中醒了起来，因为我的床背就紧接着母亲的床背，所以从帐里望得见母亲独自一人在灯下做鞋底，我心里又想起母亲的劳苦，辗转反侧睡不着，很想起来陪陪母亲。但是小孩子深夜不好好的睡，是要受到大人的责备的，就说是要起来陪陪母亲，一定也要被申斥几句，万不会被准许的（这至少是当时我的心理），于是想出一个借口来试试看，便叫声母亲，说太热睡不着，要起来坐一会儿。出乎我意料之外的，母亲居然许我起来坐在她的身边。我眼巴巴地望着她额上的汗珠往下流，手上一针不停地做着布鞋——做给我穿的。这时万籁俱寂，只听到滴答的钟声和可以微闻得到的母亲的呼吸。我心里暗自想念着，为着我要穿鞋，累母亲深夜工作不休，心上感到说不出的歉疚，又感到坐着陪陪母亲，似乎可以减轻些心里的不安成分。

当时一肚子里充满着这些心事，却不敢对母亲说出一句。才坐了一会儿，又被母亲赶上床去睡觉，她说小孩子不好好的睡，起来干什么！现在我的母亲不在了，她始终不知道她这个小儿子心里有过这样的一段不敢说出的心理状态。

母亲死的时候才二十九岁，留下了三男三女。在临终的那一夜，她神志非常清楚，忍泪叫着一个一个子女嘱咐一番。她临去最舍不得的就是她这一群的子女。

我的母亲只是一个平凡的母亲，但是我觉得她的可爱的性格，她的努力的精神，她的能干的才具，都埋没在封建社会的一个家族里，都葬送在没有什么意义的事务上，否则她一定可以成为社会上一个更有贡献的分子。我也觉得，像我的母亲这样被埋没葬送掉的女子不知有多少！

（本文写于1936年1月，选自《邹韬奋散文》，北岳文艺出版社2008年4月出版）

我的母亲

老 舍

◇◇◇◇◇◇◇◇◇◇◇◇◇◇◇◇

我的真正的教师,
把性格传给我的,
是我的母亲。
母亲并不识字,
她给我的是生命的教育。

母亲的娘家在北平德胜门外,土城儿外边,通大钟寺的大路上的一个小村里。村里一共有四五家人家,都姓马。大家都种点不十分肥美的地,但是与我同辈的兄弟们,也有当兵的,作木匠的,作泥水匠的,和当巡警的。他们虽然是农家,却养不起牛马,人手不够的时候,妇女便也须下地作活。

对于姥姥家,我只知道上述的一点。外公外婆是什么样子,我就不知道了,因为他们早已去世。至于更远的族系与家史,就更不晓得了;穷人只能顾眼前的衣食,没有功夫谈论什么过去的光荣;"家谱"这字眼,我在幼年就根本没有听说过。

母亲生在农家,所以勤俭诚实,身体也好。这一点事实却极重要，因为假若我没有这样的一位母亲，我之为我恐怕也就要大大的打个折扣了。

母亲出嫁大概是很早，因为我的大姐现在已是六十多岁的老太婆，而我的大甥女还长我一岁啊。我有三个哥哥，四个姐姐，但能长大成人的，只有大姐，二姐，三姐，三哥与我。我是"老"儿子。生我的时候，母亲已有四十一岁，大姐二姐已都出了阁。

由大姐与二姐所嫁入的家庭来推断，在我生下之前，我的家里，大概还马马虎虎的过得去。那时候定婚讲究门当户对，而大姐丈是作小官的，二姐丈也开过一间酒馆，他们都是相当体面的人。

可是，我，我给家庭带来了不幸：我生下来，母亲晕过去半夜，才睁眼看见她的老儿子——感谢大姐，把我揣在怀中，致未冻死。

一岁半，我把父亲"剋"死了。

兄不到十岁，三姐十二三岁，我才一岁半，全仗母亲独力抚养了。父亲的寡姐跟我们一块儿住，她吸鸦片，她喜摸纸牌，她的脾气极坏。为我们的衣食，母亲要给人家洗衣服，缝补或裁缝衣裳。在我的记忆中，她的手终年是鲜红微肿的。白天，她洗衣服，洗一两大绿瓦盆。

她作事永远丝毫也不敷衍，就是屠户们送来的黑如铁的布袜，她也给洗得雪白。

晚间，她与三姐抱着一盏油灯，还要缝补衣服，一直到半夜。她终年没有休息，可是在忙碌中她还把院子屋中收拾得清清爽爽。桌椅都是旧的，柜门的铜活久已残缺不全，可是她的手老使破桌面上没有尘土，残破的铜活发着光。院中，父亲遗留下的几盆石榴与夹竹桃，永远会得到应有的浇灌与爱护，年年夏天开许多花。

哥哥似乎没有同我玩耍过。有时候，他去读书；有时候，他去学徒；有时候，他也去卖花生或樱桃之类的小东西。母亲含着泪把他送走，不到两天，又含着泪接他回来。我不明白这都是什么事，而只觉得与他很生疏。与母亲相依为命的是我与三姐。因此，他们作事，我老在后面跟着。他们浇花，我也张罗着取水；他们扫地，我就撮土……从这里，我学得了爱花，爱清洁，守秩序。这些习惯至今还被我保存着。

有客人来，无论手中怎么窘，母亲也要设法弄一点东西去款待。舅父与表哥们往往是自己掏钱买酒肉食，这使她脸上羞得飞红，可是殷勤的给他们温酒作面，又给她一些喜悦。遇上亲友家中有喜丧事，母亲必把大褂洗得干干净净，亲自去贺吊——份礼也许只是两吊小钱。到如今为我的好客的习性，还未全改，尽管生活是这么清苦，因为自幼儿看惯了的事情是不易改掉的。

姑母常闹脾气。她单在鸡蛋里找骨头。她是我家中的阎王。直到我入了中学，她才死去，我可是没有看见母亲反抗过。"没受过婆婆的气，还不受大姑子的吗？命当如此！"母亲在非解释一下不足以平服别人的时候，才这样说。是的，命当如此。母亲活到老，穷到老，辛苦到老，全是命当如此。她最会吃亏。给亲友邻居帮忙，她总跑在前面：她会给婴儿洗三——穷朋友们可以因此少花一笔"请姥姥"钱——她会刮痧，她会给孩子们剃头，她会给少妇们绞脸……凡是她能作的，都有求必应。但是吵嘴打架，永远没有她。她宁吃亏，不逗气。当姑母死去的时候，母亲似乎把一世的委屈都哭了出来，一直哭到坟地。不知道哪里来的一位侄子，声称有承继权，母亲便一声不响，教他搬走那些破桌子烂板凳，而且把姑母养的一只肥母鸡也送给他。

可是，母亲并不软弱，父亲死在庚子闹"拳"的那一年。联军入城，挨家搜索财物鸡鸭，我们被搜两次。母亲拉着哥哥与三姐坐在墙根，等着"鬼子"进门，街门是开着的。"鬼子"进门，一刺刀先把老黄狗刺死，而后入室搜索。他们走后，母亲把破衣箱搬起，才发现了我。假若箱子不空，我早就被压死了。皇上跑了，丈夫死了，鬼子来了，满城是血光火焰，可是母亲不怕，她要在刺刀下，饥荒中，保护着儿女。北平有多少变乱啊，有时候兵变了，街市整条的烧起，火团落在我们院中。有时候内战了，城门紧闭，铺店关门，昼夜响着枪炮。这惊恐，这紧张，再加上一家饮食的筹划，儿女安全的顾虑，岂是一个软弱的老寡妇所能受得起的？可是，在这种时候，母亲的心横起来，她不慌不哭，要从无办法中想出办法来。她的泪会往心中落！这点软而硬的性格，也传给了我。我对一切人与事，都取和平的态度，把吃亏看作当然的。但是，在作人上，我有一定的宗旨与基本的法则，什么事都可将就，而不能超过自己画好的界限。我怕见生人，怕办杂事，怕出头露面；但是到了非我去不可的时候，我便不敢不去，正像我的母亲。从私塾到小学，到中学，我经历过起码有二十位教师吧，其中有给我很大影响的，也有毫无影响的，但是我的真正的教师，把性格传给我的，是我的母亲。母亲并不识字，她给我的是生命的教育。

当我在小学毕了业的时候，亲友一致的愿意我去学手艺，好帮助母亲。我晓得我应当去找饭吃，以减轻母亲的勤劳困苦。可是，我也愿意升学。我偷偷的考入了师范学校——制服，饭食，书籍，宿处，都由学校供给。只有这样，我才敢对母亲说升学的话。入学，要交十圆的保证金。这是一笔巨款！母亲作了半个月的难，把这巨款筹到，而后含泪把我送出门去。她不辞劳苦，只要儿子有出息。当我由师范毕业，而被派为小学校校长，母亲与我都一夜不曾合眼。我只说了句："以后，您可以歇一歇了！"她的回答只有一串串的眼泪。我入学之后，三姐结了婚。母亲对儿女是都一样疼爱的，但是假若她也有点偏爱的话，她应当偏爱三姐，因为自父亲死后，家中一切的事情都是母亲和三姐共同撑持的。三姐是母亲的右手。但是母亲知道这右手必须割去，她不能为自己的便利而耽误了女儿的青春。当花轿来到我们的破门外的时候，母亲的手就和冰一样的凉，脸上没有血色——那是阴历四月，天气很暖。大家都怕她晕过去。

可是，她挣扎着，咬着嘴唇，手扶着门框，看花轿徐徐的走去。不久，姑母死了。三姐已出嫁，哥哥不在家，我又住学校，家中只剩母亲自己。她还须自晓至晚的操作，可是终日没人和她说一句话。

新年到了，正赶上政府倡用阳历，不许过旧年。除夕，我请了两小时的假。由拥挤不堪的街市回到清炉冷灶的家中。母亲笑了。及至听说我还须回校，她愣住了。半天，她才叹出一口气来。到我该走的时候，她递给我一些花生，"去吧，小子！"街上是那么热闹，我却什么也没看见，泪遮迷了我的眼。今天，泪又遮住了我的眼，又想起当日孤独的过那凄惨的除夕的慈母。可是慈母不会再候盼着我了，她已入了土！

儿女的生命是不依顺着父母所设下的轨道一直前进的，所以老人总免不了伤心。我二十三岁，母亲要我结了婚，我不要。我请来三姐给我说情，老母含泪点了头。我爱母亲，但是我给了她最大的打击。时代使我成为逆子。二十七岁，我上了英国。为了自己，我给六十多岁的老母以第二次打击。在她七十大寿的那一天，我还远在异域。那天，据姐姐们后来告诉我，老太太只喝了两口酒，很早的便睡下。她想念她的幼子，而不便说出来。

"七七"抗战后,我由济南逃出来。北平又像庚子那年似的被鬼子占据了,可是母亲日夜惦念的幼子却跑西南来。母亲怎样想念我,我可以想象得到,可是我不能回去。每逢接到家信,我总不敢马上拆看,我怕,怕,怕,怕有那不祥的消息。人,即使活到八九十岁,有母亲便可以多少还有点孩子气。失了慈母便像花插在瓶子里,虽然还有色有香,却失去了根。有母亲的人,心里是安定的。我怕,怕,怕家信中带来不好的消息,告诉我已是失了根的花草。

去年一年,我在家信中找不到关于老母的起居情况。我疑虑,害怕。我想象得到,若有不幸,家中念我流亡孤苦,或不忍相告。母亲的生日是在九月,我在八月半写去祝寿的信,算计着会在寿日之前到达。信中嘱咐千万把寿日的详情写来,使我不再疑虑。十二月二十六日,由文化劳军的大会上回来,我接到家信。我不敢拆读。就寝前,我拆开信,母亲已去世一年了!

生命是母亲给我的。我之能长大成人,是母亲的血汗灌养的。我之能成为一个不十分坏的人,是母亲感化的。我的性格，习惯，是母亲传给的。她一世未曾享过一天福，临死还吃的是粗粮。唉！还说什么呢？心痛！心痛！

（本文原载1943年1月13、15日《时事新报·青光》）

母亲的时钟

鲁 彦

◇◇◇◇◇◇◇◇◇◇◇◇◇◇◇

她把我们的一切都用时间来限制，
不准我们拖延。

二十几年前，父亲从外面带了一架时钟给母亲；一尺多高，上圆下方，黑紫色的木框，厚玻璃面，白底黑字的计时盘，盘的中央和边缘镶着金漆的圆圈，底下垂着金漆的钟摆，钉着金漆的铃子，铃子后面的木框上贴着彩色的图画——是一架堂皇而且美丽的时钟。那时这样的时钟在乡里很不容易见到；不但我和姊姊觉得非常稀奇，就连母亲也特别喜欢它。

她最先把那时钟摆在床头的小橱上，只允许我们远望，不许我们走近去玩弄。我们爱看那钟摆的晃摇和长针的移动，常常望着望着忘记了读书和绣花。于是母亲搬了一个座位，用她的身子挡住了我们的视线，说：

"这是听的，不是看的呀！等一会又要敲了，你们知道呆看了多少时候吗?"

我们喜欢听时钟的敲声,常常问母亲:

"还不敲吗,妈?你叫它早点敲吧!"

但是母亲望了一望我们的书本和花绷,冷淡地回答说:

"到了时候,它自己会敲的。"

钟摆不但自己会动,还会嘚嘚地响下去,我们常常低低地念着它的次数;但母亲一看见我们嘴唇的嗡动,就生起气来。

"你们发疯了!它一天到晚响着,你们一天到晚不做事情吗?我把它停了,或是把它送给人家去,免得害你们吧!……"

但她虽然这样说,却并没把它停下,也没把它送给人家。她自己也常常去看那钟点,天天把它揩得干干净净。

"走路轻一点!不准跳!"她几次对我们说,"震动得厉害,它会停止的。"

真的,母亲自从有了这架时钟以后,她自己的举动更加轻声了。她到小橱上去拿别的东西的时候,几乎忍住了呼吸。

这架时钟开足后可以走上一个星期。不知母亲是怎样记得的。每次总在第七天的早晨不待它停止，就去开足了发条。和时钟一道，父亲带回家来的，还有一个小小的日晷。一遇到天气好太阳大，母亲就在将到正午的时候，把它放在后院子的水缸盖上。她不会看别的时候，只知道等待那红线的影子直了，就把时钟纠正为十二点。随后她收了那日晷，把它放在时钟的玻璃门内。我们也喜欢那日晷，因为它里面有一颗指南针，跳动得怪好看。但母亲连这个也不许我们玩弄。

"不是玩的！"她说，"太阳立刻就下山了，还不赶快做你们的事吗？……"

这在我们简直是件苦恼的事情。自从有了时钟以后，母亲对我们的监督愈加严了。她什么事情都要按着时候，甚至是早起、晚睡和三餐的时间。

冬天的日子特别短，天亮得迟黑得早。母亲虽然把我们睡眠的时间略略改动了些，但她自己总是照着平时的时间。大冷天，天还未亮，她就起来了。她把早饭煮好，房子收拾干净，拿着火炉来给我们烘衣服，催我们起床的时候，天才发亮，而我们也正睡得舒服，怕从被窝里钻出来。

"立刻要开饭了，不起来没有饭吃！"

她说完话就去预备碗筷。等我们穿好衣服，脸未洗完，她已经把饭菜摆在桌上。倘若我们不起来，她是绝不等待我们的，从此要一直饿到中午，而且她半天也不理睬我们。

每次当她对我们说几点钟的时候，我们几乎都起了恐惧，因为她把我们的一切都用时间来限制，不准我们拖延。我们本来喜欢那架时钟的，以后却渐渐对它憎恶起来了。

"停了也好，坏了也好！"我们常常私自说。

但是它从来不停，也从来不坏。而且过了两三年，我们家里又加了一架时钟了。

那是我们嫂嫂的嫁妆。它比母亲的那一架更时新，更美观，声音也更好听。它不用铃子，用的钢条圈，敲起来声音洪亮而且余音不绝。

我们喜欢这一架，因为它还有两个特点：比母亲的一架走得慢，常常走不到一星期就停了下来。

但母亲却喜欢旧的一架。她把新的放在门边的琴桌上，把揩抹和开发条的事情派给了姊姊。她屡次看时刻都走到自己的床边望那架旧的。

"你喜欢这一架,"母亲对姊姊说,"将来就给你做嫁妆吧。当然,这一架样子新,也值钱些。"

我想姊姊当时听了这话应该是高兴的。但我心里却很不快活。我不希望母亲永久有一架那样准确而耐用的时钟。

那时钟,到得后来几乎代替了母亲的命令了。母亲不说话,它也就下起命令来。我们正睡得熟,它叮叮地叫着逼迫我们起床了;我们正玩得高兴,它叮叮地叫着,逼迫我们睡觉了;我们肚子不饿,它却叫我们吃饭;肚子饿了,它又不叫我们吃饭……

我们喜欢的是要快就快,要慢就慢,要走就走,要停就停的时钟。

姊姊虽然有幸,将得到一架那样的时钟,但在出嫁前两三个月,母亲忽然要把它修理了。

"好看只管好看,乱时辰是不行的,"她对姊姊说,"你去做媳妇,比不得在家里做女儿,可以糊里糊涂,自由自在呀。"

不知怎样,她竟打听出来了一个会修时钟的人,把他从远处请到家里,将那架新的拆开来,加了油,旋紧了某一个螺丝钉,弄了大半天。母亲请他吃了一顿饭,还用船送他回去。

于是姊姊的那架时钟果然非常准确了,几乎和母亲的一模一样。这在她是祸是福,我不知道。只记得她以后不再埋怨时钟,而且每次回到家里来,常常替代母亲把那架旧的用日晷来对准;同时她也已变得和母亲一样,一切都按照着一定的时间了。

我呢,自从第一次离开故乡后,也就认识了时钟的价值,知道了它对于人生的重大的意义,早已把憎恶它的心思一变而为喜爱的了。因为大的时钟不合用,我曾经买过许多挂表,既便于携带,式样又美观,价钱又便宜。

我记得第一次回家随身带着的是一只新出的夜明表,喜欢得连半夜醒来也要把它从枕头下拿来观看一番的。

"你看吧,妈,我这只表比你那架旧钟有用得多了,"我说着把它放在母亲的衣下。"黑角里也看得见,半夜里也看得见呢!"

但是母亲却并不喜欢。她冷淡地回答说:

"好玩罢了,并且是哑的。要看谁走得准、走得久呀。"

我本来是不喜欢那架旧钟的,现在给她这么一说,我愈加发现它的缺点了:式样既古旧、携带又不便利,而且摆置得不平稳或者稍受震动就会停止;到了夜里,睡得正甜蜜的时候,有时它叮叮敲着把人惊醒了过来,反之,醒着想知道是什么时候,却须静候到一个钟头才能听到它的报告。然而母亲却看不起我的新置的完美的挂表,重视着那架不合用的旧钟。这真使我对它发生更不快的感觉。

幸而母亲对我的态度却改变了。她现在像把我当作了客人似的,每天早晨并不催我起床,也并不自己先吃饭,总是等待着我,一直到饭菜冷了再热过一遍。她自己是仍按着时间早起,按着时间煮饭的,但她不再命令我依从她了。

"总要早起早睡。"她偶然也在无意中提醒我,而态度却是和婉的。

然而我始终不能依从她的愿望。我的习惯一年比一年坏了:起来得愈迟,睡得也愈迟,一切事情都漫无定时。我先后买过许多表,的确都是不准确的,也不耐久的;到得后来,索性连这一类表也没用处了。

但母亲却依然保留着她那架旧钟:屋子被火烧掉

了，她抢出了那架旧钟，几次移居到上海，她都带着那架旧钟。

"给你买一架新的吧，不必带到上海去。"我说。母亲摇一摇头：

"你们用新的吧，我还是要这架用惯了的。"

到了上海，她首先拿出那架旧钟来，摆在自己的房里，仍是自己管理它。

它和海关的钟差不多准确，也不需要修理添油。只是外面的样子渐渐老了：白底黑字的计时盘这里那里起了斑疤，金漆也一块块地剥落了。

至于母亲，自从父亲去世后也就得了病，愈加老得快，消瘦下来，没有精力做事情。

"吃现成饭了，"她说，"一切由你们吧。"

她把家里的事情全交给了我和妻，常常躺在床上睡觉。

但是她早起的习惯没有改。天才一亮，她就起床了。她很容易饿，我们吃饭的时间就不得不和她分了开来。常常我们才吃过早饭，她就要吃中饭。她起初也等待我们，劝我们，日子久了，她知道没办法，便径自先吃了。

"一天到晚，只看见开饭，"她不高兴的时候，说，

"我还是住在乡下好,这里看不惯!"

真的,她现在不常埋怨我们,可是一切都使她看不惯,她说要住到乡下去,立刻就要走的,怎样也留她不住。

"乡下冷清清的没有亲人。"我说。

"住惯了的。"

"把你顶喜欢的子孙带去吧。"

但是她不要。她只带着她那架旧钟回去。第二次再来上海时,仍带着那架旧钟。第三次,第四次……都是一样。

去年秋季,母亲最后一次离开了她所深爱的故乡。她自知身体衰弱到了极度,临行前对人家说:

"我怕不能再回来了。上海过老,也好的,全家在眼前……"

这一次她的行李很简单:一箱子的寿衣、一架时钟。到得上海,她又把那时钟放在她自己的房里。

果然从那时起,她起床的时候愈加少了,几乎一天到晚都躺在床上,而且不常醒来。只有天亮和三餐的时间,她还是按时地醒了过来。天气渐渐冷下来,母亲的病也渐渐沉重起来,不能再按时去开那架时钟,于是管理它的责任便到了我们的手里。但我们没有这习惯,常常忘记去开它，等到母亲说了几次钟停了，我们才去开足它的发条，而又因为没有别的时钟，常常无法纠正它，使它准确。

"要在一定时候开它，"母亲告诉我们说，"停久了，就会坏的，你们且搬它到自己的房里去吧，时时看见它就不会忘记了。"

我们依从母亲的话，便把她的时钟搬到了楼上房间里。几个月来，它也很少停止，因为一听到它的敲声的缓慢无力，我们便预先去开足了发条。

但是在母亲去世前的一个月里，我们忽然发现母亲的时钟异样了：明明是才开足两三天，敲声也急促有力，却在我们不注意中停止了。我们起初怀疑没放得平稳，随后以为是孩子们奔跳所震动，可是都不能证实。

不久，姐姐从故乡来了。她听到时钟的变化，便失了色，绝望地摇一摇头，说：

"妈的病不会好了，这是个不吉利的预兆……"

"迷信！"我立刻截断了她的话。

过了几天，我忽然发现时钟又停止了。是在夜里三点钟。早晨我到楼下去看母亲，听见她说话的声音特别低了，问她话老是无力回答。到了下半天，我们都在她

床边侍候着,她昏昏沉沉地睡着,很少醒来。我们喊了许久,问她要不要喝水,她微微摇一摇头,非常低声地说:

"不要喊我……"

我们知道她醒来后是感到身体的痛苦的,也就依从着她的话,让她安睡着。这样一直到深夜,我们看见她低声哼着,想转身却转不过来,便喂了她一点点汤水,问她怎样。

"比上半夜难过……"她低声回答我们。

我觉得奇怪,怀疑她昏迷了。我想,现在不就是上半夜吗,她怎么当作了下半夜呢?我连忙走到楼上,却又不禁惊讶起来:

原来母亲的时钟已经过了一点钟了。

我不明白,母亲是怎样听见楼上的钟声的。楼下的房子既高,楼板又有二层。自从她的时钟搬到楼上后,她曾好几次问过我们钟点。前后左右的房子空的很多,贴邻的一家,平常又没听见有钟声。附近又没有报时的鸡啼。这一夜母亲的房子里又相当不静寂,姐姐在念经、女工在吹折锡箔,间而夹杂着我们的低语声、走动声。母亲怎样知道现在到了下半夜呢?

是母亲没有忘记时钟吗?是时钟永久跟随着母亲

吗？我想问母亲，但是母亲不再说话了。一点多钟以后她闭上了眼睛，正是头一天时钟自动地静默下来的那个时候。

　　失却了一位这样的主人，那架古旧的时钟怕是早已感觉到存在的悲苦了吧？唉……

　　（本文选自胡适等著，丁帆编《母亲》，译林出版社2020年10月出版）

先父梦岐先生

曹聚仁

先父是一个防微杜渐，而且以身作则的人。

从我个人的生命根源来说,我永远是我父亲梦岐先生的儿子,却又永远是先父的叛徒。一个经过了十几代挖泥土为活的贫农家庭,祖父永道公一生笃实和顺,委曲求全;有一年,天旱,邻村土豪霸占了水源,祖父不惜屈膝以求,先父愤然道:"我们为什么要向他哀求?"便拖着先祖回家。这便见先父的反抗压力的精神。先父之所以要在耕余读书,要参加科举考试,要背着宗谱到金华去考试,这都表现他不为环境所束缚的威武不能屈的气度。

先父从杭州应了乡试回来,接受了维新志士的变法路向;一回到家乡,便把学校办起来。在我们自己的厅堂上办育才小学,已经招来亲友们的窃笑,说先父是书呆子。而进一步，把通州桥头的观音堂的庵中佛像拆了，办起乡村小学来，那真是犯众怒的大事。却一肩独当，居然做成了，这就使亲友由惊疑而钦佩了。先父青少年时，身体很怯弱，二十八岁那年，大病几乎死去。其后，他处在危殆境况中，总是说："我譬如二十八岁那年死去了，怕什么！"除死无大难，这就战胜了横逆之境。看起来，先父那么一个瘦弱的身子，却有着钢铁般坚强的意志，我阅世六七十年，能如先父这样敢作敢为的汉子，就很少了。

有如范仲淹那样，乐以天下，忧以天下，公而忘私的人，世人一定看作是大傻瓜。先父说了要维新，便一一做了起来。女人要放脚，儿童要受教育，革命就剪了发，事事切实去做。辛亥革命，废旧历行新历；先父便要我们在阳历去向亲友贺年，到了旧历新正，就不让先母招呼贺年的亲友，这虽是小事，做起来，就十分别扭的。他要兴实业，就要家中人，种桑养蚕，纺纱织布，还开了一家小小的布厂。我们在小学读书时，先父就划了一亩水田，给我们种稻、种麦、种豆，从插秧到收割，让我们一一做起来。因此，我这个书呆子，对所有田间的事，一一都熟知，我还会养蚕养蜂接桑。我一向看不起孔老夫子,因为他是四体不勤,五谷不分,手不能提,肩不能挑的人。先父虽是圣人之徒,却是要我们学农学稼,走的是许行的路子。

表面上看起来,先父是朱熹一派的信徒;朱子的《近思录》和《小学》,乃是教导我们立身处世入门工夫。但在躬行实践上,却和北方学人颜元李塨的路子相吻合。而他那年从杭州回家,带了一部《王阳明全集》回来,他的关心社会治安,培养民间新风尚,敢作敢为的立身之道,实在和王氏相符合。这种种,正如朋友们所称道的"蒋畈精神"。这是维新志士所带来的朝气,但先父并不如康梁那样浮夸,也并不想投入政治圈子,只是一点一滴在地方自治的文化教育下工夫就是了。因此,先父的施为,颇和陶行知先生的晓庄工作相吻合呢!

先父这位圣人之徒,他只从孟子的议论中知道有所谓"异端"杨(朱)墨(翟);他从来没看过墨子和庄子列子之书。其实,先父一生摩顶放踵,以利天下而为之,是一个墨子之徒。而我呢,却是一个老庄之徒,正是孟子所谓"异端"。到了先父晚年,扬名声于四近,一提到"蒋畈曹",有着敬而畏之的意味,真所谓"邪不敌正";我们那一边区,真是烟赌盗窃丛生之地;他以一手之力完全肃清掉。地方自治，并不是件容易的事，除恶务尽，无权无势，怎么做得到？居然做到了，乡人奉之若神明。先父逝世了，乡人都说他到某地做土地神城隍神去了；乡人都相信，只有我不信。

我的舅父，他是独生子，给外祖父母娇养惯了，吃喝玩赌吹，无所不能；先父嫉恶如仇，凡是他所要禁绝戒绝的，舅父无一不染上了。可是，舅父老年时，却对我说："四近百里以内，没有人不怕你爸爸的，只有我一个人不怕你爸爸；可是，不怕你爸爸的人，总是没出息的！"这就说了他心底的话了。要说舅父是软弱的人吗？他七十五岁那年，感怀身世决定要自杀了，如杨白劳喝下盐卤去。喝盐卤自杀，是一件极苦痛的事，他有那么大的勇气，却耐不住赌博的诱惑。这件事，对我是了解人生的一课。

先父是一个防微杜渐，而且以身作则的人。我六七岁时，旧历除夕，跟邻家女去赛"字乌"（一个钱的正面，便是字，反面便是乌；三钱在掌，谁得的字多为胜），先父便叫了回家，狠狠打了我一顿，我一生不爱赌博，和那顿教训有关。

我对先父，"畏"的成分多于"敬"；他只怕孩子们玩物丧志,因此先父生平,是不让我们看社戏的。(他决想不到,我到了中年以后,倒成为地方剧曲的研究者呢!)他以坚强意志来克制种种欲念,立志成为圣人之徒,因此,我一直怕了他,不肯和他相接近。别人都以为先父只痛爱我这个孩子,我呢,却畏敬而远之。

二十以后,我一直在上海做事,年节也很少回乡去。有一回,一位至戚到上海来看我,对我说:"你知道你爸爸怎么对我说?他说:别人都说我有三个儿,一个女儿子,实在呢,我是养了四个女儿!"这番话,深深地感动了我。原来他是把热情的火团,用灰盖了起来,时时怀念着我们的。那年,我回乡住了一个夏天,秋初回上海去,先父一直送我们出门,送了一程又一程。其明年,先父便卧病了,病了十八个月,便逝世了。病中,我曾在床的另一头陪着他,却已补不了先前对他的疏远了。先父对先兄聚德管责得最严厉,对我次之,到了四弟,先父公务太忙,管束最松。后来,我才知道先兄的受责,有时是挞伯禽以教成王之意,这当然不是我们所能领会的了。不过父子之间,究竟该怎么来教育?自是一个值得研究的大问题,古有易子而教之说,也值得研究一下的。

先父是一位笃实的理学家，他对程朱学说和儒家思想的笃信，已经到达要排除佛道各派思想的程度。他要把居敬存诚工夫灌输到我们这一代，让理学在我们心灵中生根，其结果是失败的。但我一生对于恋爱会这么认真，也还是受了理学的影响。有一件事，我在这儿郑重说一件旧事：先父病危时，有一天，忽然要叫我母亲备一份香烛到庙中去祈祷一番，而且吩咐她不要我们知道这件事。我忽有所感：先父到了最后，对灵魂来世的事，无法安顿；这样的矛盾，颇值得体味的。于先父死后，乡间传出了他出任某处县城隍的神话，我已说过了。先父是不礼拜佛道二教的神道的，也不相信基督耶稣的，只留下了泛自然神教的观念，真要成神的话，也只有土地神可以做得的了。

（本文写于20世纪70年代初，节选自《曹聚仁散文选集》，百花文艺出版社2009年6月出版）

我的父亲

汪曾祺

父亲鼓捣半天,
就为让孩子高兴一晚上。
我的童年是很美的。

我父亲行三。我的祖母有时叫他的小名"三子"。他是阴历九月初九重阳节那天生的,故名菊生(我父亲那一辈生字排行,大伯父名广生,二伯父名常生),字淡如。他作画时有时也题别号:亚痴、灌园生……他在南京读过旧制中学。所谓旧制中学大概是十年一贯制的学堂。我见过他在学堂时用过的教科书,英文是纳氏文法,代数几何是线装的有光纸印的,还有"修身"什么的。他为什么没有升学,我不知道。"旧制中学生"也算是功名。他的这个"功名"我在我的继母的"铭旌"上见过,写的是扁宋体的泥金字,所以记得。什么是"铭旌",看《红楼梦》贾府办秦可卿丧事那回就知道,我就不噜苏①了。

我父亲年轻时是运动员。他在足球校队踢后卫。他是撑杆跳选手,曾在江苏全省运动会上拿过第一。他又是单杠选手。我还见过他在天王寺外边驻军所设置的单杠上表演过空中大回环两周,这在当时是少见的。他练过武术,腿上带过铁砂袋。练过拳,练过刀、枪。我见他施展过一次武功。我初中毕业后,他陪我到外地去投考高中。在小轮船上,一个初来的侦缉队以检查为名勒索乘客的钱财。我父亲一掌,把他打得一溜跟头,从船上退过跳板,一屁股坐在码头上。我父亲平常温文尔雅,我还没见过他动手打人,而且,真有两下子!我父亲会骑马。南京马场有一匹烈马,咬人,没人敢碰它,平常都用一截粗竹筒套住它的嘴。我父亲偷偷解开缰绳,一骗腿骑了上去。一趟马道子跑下来,这马老实了。父亲还会游泳,水性很好。这些,我都不知道他是什么时候学的。

从南京回来后,他玩过一个时期乐器。他到苏州去了一趟,买回来好些乐器,笙箫管笛、琵琶、月琴、拉秦腔的胡胡、扬琴,甚至还有大小唢呐,唢呐我从未见

---

① 噜苏:义同"啰唆" 吴地方言。——编者注

他吹过。这东西吵人，除了吹鼓手、戏班子，一般玩乐器人都不在家里吹。一把大唢呐，一把小唢呐（海笛）一直放在他的画室柜橱的抽屉里。我们孩子们有时翻出来玩。没有哨子，吹不响，只好把铜嘴含在嘴里，自己呜呜作声，不好玩！他的一枝洞箫、一枝笛子，都是少见的上品。洞箫箫管很细，外皮作殷红色，很有年头了。笛子不是缠丝涂了一节一节黑漆的，是整个笛管擦了荸荠紫漆的，比常见的笛子管粗。箫声幽远，笛声圆润。我这辈子吹过的箫笛无出其右者。这两枝箫笛不是从乐器店里买的，是花了大价钱从私人手里买的。他的琵琶是很好的，但是拿去和一个理发店里换了。他拿回理发店的那面琵琶又脏又旧、油里咕叽的。我问他为什么要换了这么一面脏琵琶回来，他说："这面琵琶声音好！"理发店用一面旧琵琶换了他的几乎是全新的琵琶，当然乐意。不论什么乐器，他听听别人演奏，看看指法，就能学会。他弹过一阵古琴，说：都说古琴很难，其实没有什么。我的一个远房舅舅，有一把一个法国神父送他的小提琴，我父亲跟他借回来，鼓揪鼓揪，几天功夫，就能拉出曲子来。据我父亲说：乐器里最难，最要功夫的，是胡琴。别看它只有两根弦，很简单，越是简单的东西越不好弄。他拉的胡琴我拉不了，弓子硬，马尾多，滴的松香很厚，松香拉出一道很窄的深槽，我一拉，马尾就跑到深槽的外面来了。父亲不在家的时候我有时使劲拉一小段，我父亲一看松香就知道我动过他的胡琴了。他后来不大摆弄别的乐器了，只有胡琴是一直拉着的。

　　摒挡丝竹以后，父亲大部分时间用于画画和刻图章。他画画并无真正的师承，只有几个画友。画友中过从较密的是铁桥，是一个和尚，善因寺的方丈。我写的小说《受戒》里的石桥，就是以他为原型的。铁桥曾在苏州邓尉山一个庙里住过，他作画有时下款题为"邓尉山僧"。我父亲第二次结婚，娶我的第一个继母，新房里就挂了铁桥的一个条幅，泥金纸，上角画了几枝桃花，两只燕子，款题"淡如仁兄嘉礼　弟铁桥写贺"。在新房里挂一幅和尚的画，我的父亲可谓全无禁忌；这位和尚和俗人称兄道弟，也真是不拘礼法。我上小学的时候，就觉得他们有点"胡来"。这幅画的两边还配了我的一个舅舅写的一副虎皮宣的对子："蝶欲试花犹护粉，莺初学啭尚羞簧"，我后来懂得对联的意思了，觉得实在很不像话！铁桥能画，也能写。他的字写石鼓，画法任伯年。根据我的印象，都是相当有功力的。我父亲和铁桥常来往，画风却没有怎么受他的影响。也画过一阵工笔花卉。我们那里的画家有一种理论，画画要从工笔入手，也许是有道理的。扬州有一位专画菊花的画家，这位画家画菊按朵论价，每朵大洋一元。父亲求他画了一套菊谱，二尺见方的大册页。我有个姑太爷，也是画画的，说："像他那样的玩法，我们玩不起！"兴化有一位画家徐子兼，画猴子，也画工笔花卉。我父亲也请他画了一套册页。有一开画的是罂粟花，薄瓣透明，十分绚丽。一开是月季，题了两行字："春水蜜波为花写照"。"春水"、"蜜波"是月季的两个品种，我觉得这名字起得很美，一直不忘。我见过父亲画工笔菊花，原来花头的颜色不是一次敷染，要"加"几道。扬州有菊花名种"晓色"，父亲说这种颜色最不好画。"晓色"，很空灵，不好捉摸。他画成了，我一看，是晓色！他后来改了画写意，用笔略似吴昌硕，照我看，我父亲的画是有功力的，但是"见"得少，没有行万里路，多识大家真迹，受了限制。他又不会做诗，题画多用前人陈句，故布局平稳，缺少创意。

父亲刻图章，初宗浙派，清秀规矩。他年轻时刻过一套《陋室铭》印谱，有几方刻得不错，但是过于著意，很拘谨。有"兰带"、"折钉",都是"做"出来的。有一方"草色入帘青"是双钩,我小时觉得很好看,稍大,即觉得纤巧小气。《陋室铭》印谱只是他初学刻印的成绩。三十多岁后,渐渐豪放,以治汉印为主。他有一套端方的《匋斋印存》,经常放在案头。有时也刻浙派小印。我记得他给一个朋友张仲陶刻过一块青田冻石小长方印,文曰"中匋",实在漂亮。"中匋"两字也很好安排。

刻印的人多喜藏石。父亲的石头是相当多的,他最心爱的是三块田黄。我在小说《岁寒三友》中写的靳彝甫的三块田黄,实际上写的是我父亲的三块图章。

他盖章用的印泥是自己做的。用的是"大劈砂",这是朱砂里最贵重的。大劈砂深紫色的,片状,制成印泥,鲜红夺目。他说见过一些明朝画,纸色已经灰暗,而印色鲜明不变。大劈砂盖的图章可以"隐指",即用手指摸摸,印文是鼓出的。他的画室的书橱里摆了一列装在玻璃瓶的大劈砂和陈年的蓖麻子油,蓖麻是调印色用的。

我父亲手很巧,而且总是活得很有兴致。他会做各种玩意。元宵节,他用通草(我们家开药店,可以选出很大片的通草）为瓣，用画牡丹的西洋红（西洋红很贵，齐白石作画，有一个时期，如用西洋红，是要加价的）染出深浅，做成一盏荷花灯，点了蜡烛，比真花还美。他用蝉翼笺染成浅绿，以铁丝为骨，做了一盏纺织娘灯，下安细竹棍。我和姐姐提了，举着这两盏灯上街，到邻居家串门，好多人围着看。清明节前，他糊风筝。有一年糊了一只蜈蚣（我们那里叫"百脚"），是绢糊的。他用药店里称麝香用的小戥子约蜈蚣两边的鸡毛，——鸡毛必须一样重，否则上天就会打滚。他放这只蜈蚣不是用的一般线，是胡琴的老弦。我们那里用老弦放风筝的，家父实为第一人。（用老弦放风筝，风筝可以笔直地飞上去，没有"肚子"。）他带了几个孩子在傅公桥麦田里放风筝。这时麦子尚未"起身"，是不怕踩的，越踩越旺。春服既成，惠风和畅，我父亲这个孩子头带着几个孩子，在碧绿的麦垄间奔跑呼叫，为乐如何？我想念我的父亲（我现在还常常梦见他），想念我的童年，虽然我现在是七十二岁，皤然一老了。夏天，他给我们糊养金铃子的盒子。他用钻石刀把玻璃裁成一小块一小块，再合拢，接缝处用皮纸浆糊固定，再加两道细蜡笺条，成了一只船、一座小亭子、一个八角玲珑玻璃球，里面养着金铃子。隔着玻璃，可以看到金铃子在里面爬，吃切成小块的梨，张开翅膀"叫"。秋天，买来拉秧的小西瓜，把瓜瓤掏空，在瓜皮上镂刻出很细致的图案，做成几盏西瓜灯。西瓜灯里点了蜡烛，撒下一片绿光。父亲鼓捣半天，就为让孩子高兴一晚上。我的童年是很美的。

我母亲死后，父亲给她糊了几箱子衣裳，单夹皮棉，四时不缺。他不知从哪里搜罗来各种颜色，砑出各种花样的纸。听我的大姑妈说，他糊的皮衣跟真的一样，能分出滩羊、灰鼠。这些衣服我没看见过，但他用剩的色纸，我见过。我们用来折"手工"。有一种纸，银灰色，正像当时时兴的"慕本缎子"。

我父亲为人很随和，没架子。他时常周济穷人，参与一些有关公益的事情。因此在地方上人缘很好。民国二十年[①]发大水，大街成了河。我每天看见他蹚[②]着齐胸的水出去，手里横执了一根很粗的竹篙，穿一身直罗褂，他出去，主要是办赈济。我在小说《钓鱼的医生》里写王淡人有一次乘了船，在腰里系了铁链，让几个水

---

① 民国二十年：即1931年。——编者注
② 蹚：为"蹚"的异体字。——编者注

性很好的船工也在腰里系了铁链，一头拴在王淡人的腰里，冒着生命危险，渡过激流，到一个被大水围困的孤村去为人治病。这写的实际是我父亲的事。不过他不是去为人治病，而是去送"华洋义赈会"发来的面饼（一种很厚的面饼，山东人叫"锅盔"）。这件事写进了地方上人送给我祖父的六十寿序里，我记得很清楚。

父亲后来以为人医眼为职业。眼科是汪家祖传。我的祖父、大伯父都会看眼科。我不知道父亲懂眼科医道。我十九岁离开家乡，离乡之前，我没见过他给人看眼睛。去年回乡，我的妹婿给我看了一册父亲手抄的眼科医书，字很工整，是他年轻时抄的。那么，他是在眼科上下过功夫的。听说他的医术还挺不错。有一个邻居的孩子得了眼疾，双眼肿得像桃子，眼球红得像大红缎子。父亲看过，说不要紧。他叫孩子的父亲到阴城（一片乱葬坟场，很大，很野，据说韩世忠在这里打过仗）去捉两个大田螺来。父亲在田螺里倒进两管鹅翎眼药，两撮冰片，把田螺扣在孩子的眼睛上。过了一会田螺壳裂了。据那个孩子说，他睁开眼，看见天是绿的。孩子的眼好了，一生没有再犯过眼病。田螺治眼，我在任何医书上没看见过，也没听说过。这个"孩子"现在还在，已经五十几岁了,是个理发师傅。去年我回家乡,从他的理发店门前经过,那天,他又把我父亲给他治眼的经过,向我的妹婿详细地叙述了一次。这位理发师傅希望我给他的理发店写一块招牌。当时我很忙,没有来得及给他写。我会给他写的。一两天就写了托人带去。

我父亲配制过一次眼药。这个配方现在还在,但是没有人配得起,要几十种贵重的药,包括冰片、麝香、熊胆、珍珠……珍珠要是人戴过的。父亲把祖母帽子上的几颗大珠子要了去。听我的第二个继母说,他制药极其虔诚,三天前就洗了澡("斋戒沐浴"),一个人住在花园里,把三道门都关了,谁也不让去。

父亲很喜欢我。我母亲死后,他带着我睡。他说我半夜醒来就笑。那时我三岁(实年)。我到江阴去投考南菁中学,是他带着我去的。住在一个茶庄的栈房里,臭虫很多。他就点了一支蜡烛,见有臭虫,就用蜡烛油滴在它身上。第二天我醒来,看见席子上好多好多蜡烛油点子。我美美地睡了一夜,父亲一夜未睡。我在昆明时,他还在信封里用玻璃纸包了一小包"虾松"寄给我过。我父亲很会做菜,而且能别出心裁。我的祖父春天忽然想吃螃蟹。这时候哪里去找螃蟹?父亲就用瓜鱼（即水仙鱼），给他伪造了一盘螃蟹，据说吃起来跟真螃蟹一样。"虾松"是河虾剁成米大小粒，掺以小酱瓜丁，入温油炸透。我也吃过别人做的"虾松"，都比不上我父亲的手艺。

我很想念我的父亲。现在还常常做梦梦见他。我的那些梦本和他不相干，我梦里的那些事，他不可能在场，不知道怎么会搀和进来了。

（本文写于1992年5月，原载1992年《作家》第8期）

图书在版编目（CIP）数据

愿你自在长大 / 毕淑敏等著. — 成都：天地出版社, 2024.1（2024.3 重印）
ISBN 978-7-5455-7985-7

Ⅰ.①愿… Ⅱ.①毕… Ⅲ.①散文集－中国－当代 Ⅳ.①I267

中国国家版本馆 CIP 数据核字（2023）第 197494 号

YUAN NI ZIZAI ZHANGDA
愿你自在长大

出 品 人	杨　政
作　　者	毕淑敏　等
责任编辑	张秋红　孙若琦
责任校对	张月静
封面设计	WONDERLAND Book design
内文排版	唐小迪
责任印制	王学锋

出版发行	天地出版社 （成都市锦江区三色路 238 号　邮政编码：610023） （北京市方庄芳群园 3 区 3 号　邮政编码：100078）
网　　址	http://www.tiandiph.com
电子邮箱	tianditg@163.com
经　　销	新华文轩出版传媒股份有限公司

印　　刷	迪明易墨（天津）印刷有限公司
版　　次	2024 年 1 月第 1 版
印　　次	2024 年 3 月第 2 次印刷
开　　本	880mm×1230mm　1/32
印　　张	7.5
字　　数	115 千字
定　　价	45.00 元
书　　号	ISBN 978-7-5455-7985-7

版权所有◆侵权必究
咨询电话：（028）86361282（总编室）
购书热线：（010）67693207（营销中心）

如有印装错误，请与本社联系调换。